惡魔高校D×D

球技大會的鬼牌

23

石踏一榮
ICHIEI ISHIBUMI

Kadokawa Fantastic Novels

彩頁、內文插圖／みやま零

目錄

宴席尚未冷場，熱度持續攀升——

Life.0

『——隊，確認「國王(king)」淘汰。「燚誠之赤龍帝」隊獲得勝利！』

裁判(arbiter)的廣播聲，響徹整個領域。

就在被我揍飛的敵隊「國王」消失在淘汰之光當中後沒多久。

結束了遊戲之後，我們「燚誠之赤龍帝」隊從廣大的領域（這次是以水上為主）轉移回到體育場內，受到盛大的歡呼聲迎接。

播報員大喊：

『又獲勝了——！「燚誠之赤龍帝」隊獲得勝利——！兵藤一誠選手的隊伍氣勢銳不可當！連戰連勝，捷報不斷！』

觀眾的歡呼聲籠罩住整座體育場，狂熱的氣氛有如漩渦。

我們舉起手回應觀眾，使得歡呼聲變得更大，令我們也驚訝不已。

自從各陣營的所有成員都能參加的排名遊戲國際大會開打，已經過了一個月以上。

——我們又贏了一場比賽，順利累積著勝場數！

比賽結束之後，我們「燚誠之赤龍帝」隊的成員們回到休息室。

伊莉娜一口氣喝光補給用的飲料之後，意氣風發地說：

「呵呵呵，連戰連勝耶。我們的隊伍打出氣勢來了呢！」

「我想，一方面也是因為沒有碰上神級的隊伍吧……不過能夠打贏上級惡魔級的隊伍確實很不錯。」

——羅絲薇瑟一邊拿毛巾擦臉，一邊冷靜地這麼回應。

沒錯，在參加了這次的大會之後，我們依然保持著連勝紀錄。之前對戰過的敵隊，有水準在我們之下的，也有職業的排名遊戲選手，一路走來的戰鬥並不輕鬆，但儘管如此，我們還是能夠持續獲勝。

……不過，目前還沒碰上有神祇在內的隊伍，也只是運氣好而已。要是碰上了，再怎麼說，想打贏還是很困難吧。

反恐小組「D×D」的成員中，也已經有人碰上神祇了。再多打個幾場，我們遲早也會碰上神級——或是魔王級的對手吧。還是在那之前累積勝場數，多賺點排名積分才是上策。

話又說回來，連勝能夠讓隊伍更有活力，氣勢更增。幹勁越充足，戰鬥表現也會跟著變好，好處多多。

不過，隊員當中，也有像羅絲薇瑟這樣保持冷靜的人。這次就連潔諾薇亞也是一臉嚴肅。

或許是看見友人並沒有為了勝利開心而感到疑惑，伊莉娜問道：

「哎呀，潔諾薇亞，妳看起來好像不太高興耶？」

潔諾薇亞嘆了口氣之後說：

「嗯，連勝確實值得高興……但根據我的經驗，這種時候特別容易發生不好的事情。」

那大概是潔諾薇亞在當戰士的時候累積的經驗——已經近似直覺了吧。其實，這種直覺多半都不容小覷。

事實上，我們也曾經靠夥伴們的直覺脫離困境。

蕾維兒也贊同潔諾薇亞的意見。

「我想，接下來才是重頭戲。在排名遊戲的職業賽當中，實力堅強且氣勢旺盛的新進隊伍，在前期持續連勝也是常有的事情。但是，在進入中期的時候就會產生變化。」

所有人都把視線集中到作戰參謀蕾維兒身上。

蕾維兒一臉認真地表示：

「接著，會開始經歷連敗。理由很單純。無論是多麼奇特的隊伍，一旦被其他隊伍拿來研究，找出對策之後，都會慘遭封殺。」

正是因為實力堅強，才會被針對性地找出對策。我們也是連勝的隊伍，在其他隊伍的眼中應該很醒目吧。

……我們大概已經被卯起來研究了吧。不知道研究的結果什麼時候浮上檯面，對我們反撲。搞不好就是下一場比賽。讓我特別在意的比賽也開始接連定案了，所以總有一天……

「即使有必勝的戰法也會立刻被找出對策，戰術計畫再多也不夠。家父也這麼說過。」

——隊上負責「士兵（pawn）」位置的爆華如此表示。他的老爸，坦尼大叔之前也參加過職業比賽，聽說在許多方面都十分勞心勞力。

就連平常寡言的維娜·雷斯桑也對此表示：

「一種戰術流行起來，對於該戰術的研究也會跟著盛行，接著就會被針對。這在西洋棋和惡魔的排名遊戲都一樣。」

蕾維兒也用力點頭，大表贊同。

「正如維娜小姐所說。我們和其他新生代的戰鬥方式確實新鮮且氣勢十足，但遲早會被先進們找出對策，非常有可能因而陷入無計可施的困境。」

「不過，蕾維兒已經在構思避免這種困境的對策了對吧？」

蕾維兒以一聲「是」回答了潔諾薇亞的問題。

「那當然了……不過，很遺憾的，我也是外行人。即使在構思的時候自認沒有缺失……

但在職業選手和神祇看來，可能還是找得到弱點吧。」

……我們曾經數度對上職業選手並且戰勝，但是還沒碰上名列前茅的選手。在排名遊戲當中排名在上位的選手也有好幾位參賽。當然，他們都是首屈一指的選手，在大會中的勝場數也很多，碰上了肯定是硬仗一場。

維娜如此補充：

「製造我們的弱點──這種可能性也是存在的。過去曾經有一支運作起來近乎完美的隊伍，因為對手巧妙地刺中某位選手在精神面的弱點，隊伍的均衡便隨之崩潰。」

製造弱點……那也太可怕了吧。我無法想像對手會組織怎樣的戰術來對付我們，不過我們的隊伍是靠力量猛攻，要是對手巧妙地針對這一點瓦解我們的話……

身為「國王」的我歪頭低吟……這時，蕾維兒對維娜剛才的發言有了反應。

「維娜小姐。妳所說的，該不會是那位──」

正當她說到這裡的時候。

「不、不好意思。」

有人對我們搭話。

──是身穿紅色運動服的金髮美少女吸血鬼，愛爾梅希爾德。

她把夾著紀錄表格的手寫板遞給蕾維兒。

「比賽用的紀錄我弄完……我整理好了。」

蕾維兒帶著笑容收了下來。

「謝謝。愛爾梅希爾德小姐的紀錄很整齊，幫了我很大的忙。」

「不會，是我有求於各位，無論什麼事情我都願意做。」

愛爾梅希爾德低調地如此回應。

我和杜利歐的隊伍、塞拉歐格和曹操的隊伍，兩組衝擊性的對戰組合公諸於世的那一天，突然來到兵藤家的——是卡蜜拉派上級吸血鬼的千金小姐，愛爾梅希爾德·卡恩斯坦。

而且，她一開口就是要求加入「燚誠之赤龍帝」隊。

即使是我們也只能驚訝不已。關於箇中緣由我還沒問到詳情，不過，她似乎是為了拯救正在重建的故鄉而來到我們身邊的樣子。

話雖如此，這次大會這麼重要，所以也不好隨便讓她加入，蕾維兒只好讓她負責紀錄，暫時觀察一下狀況。

之所以不能輕易讓她成為隊員，與其說是因為考慮到她的來歷，更重要的是大會的危險性很高，同時這次活動也攸關「燚誠之赤龍帝」隊的未來。

更何況，她也是卡蜜拉派吸血鬼的探員。她有沒有確實得到國家出賽的准許也是個問題……不過，這個部分她似乎早就解決了。

然而，突然讓新隊員加入的話，就得從頭開始建構隊伍的平衡性和默契才行，所以在隊伍已經打出氣勢的這段期間，希望她能夠以記錄員的身分看我們表現，記住隊上每個人的動作和個性，這也是蕾維兒為她著想的方式。

……的確，如果硬是讓愛爾梅希爾德加入而導致團隊默契瓦解的話，反而是賠了夫人又折兵。雖然對她有點過意不去，不過還是先透過練習培養團隊默契之後再說吧。

實際上，她也開始陪我們進行團隊練習了。未來蕾維兒會不會讓她入隊還是未知數。即使我說可以，以現階段來說蕾維兒好像還不太願意……如果我硬是堅持的話蕾維兒或許也會接受，可是好像也沒那個必要……

而會讓我想這麼多的主因，是愛爾梅希爾德以前那種高壓態度已經消聲匿跡了！

她完全變得溫馴又乖巧，儘管日常生活中還是會表現出千金大小姐那種不諳世事的反應，但完全沒讓我們感受到那種嫌棄我們、鄙視我們的態度和氣息。

……看來她經歷過的事情，就是令她震驚到會有如此重大的轉變。而且聽說她在邪惡之樹（Qliphoth）破壞了吸血鬼的國度之後，就一直為了重建故國而盡心盡力。

如此這般分心想了一下愛爾梅希爾德的事情之後……我們稍微針對比賽開了檢討會。

討論了好一陣子，蕾維兒看了一下手錶之後對我說：

「啊，時間到了。一誠先生，檢討會就開到這裡吧，該開始工作了。」

「哎呀，對喔。身為新手『國王』，工作方面也得顧好才行。」

沒錯，我也以上級惡魔的身分開始從事「惡魔的工作」了。

大會的比賽、惡魔的工作，新手上級惡魔要做的事情很多，相當辛苦。

我們結束檢討會，回到駒王町去——

對於我們而言可謂大會當中第一個高潮的對手——「天界的王牌(joker)」杜利歐率領的轉生天使隊，對上他們的比賽就在不久之後即將到來。

Life.1 我是「國王」

春天即將結束——

一邊參與大會的比賽，也開始了惡魔工作的同時，高三的校園生活也持續進行中。

現在站在講台上的，是三年B班的班導——羅絲薇瑟。

「事情就是這樣，球技大會將在不久之後開始。我們可不能在班級對抗賽當中落敗！」

充滿幹勁的羅絲薇瑟，在升上高三之後成了我們的班導。

和我同班又是同一組的松田和元濱看著羅絲薇瑟，不禁莞爾。

「羅絲薇瑟真是氣勢十足啊。」

「沒辦法，她是第一次帶導師班，總不能落於人後吧。」

松田和元濱如此表示。

我被分到了三年B班。升上三年級的時候重新分過一次班。

雖然重新分過班，但是也沒有什麼太大的改變。同班同學包括老面孔松田、元濱在內，

還有愛西亞、潔諾薇亞、伊莉娜、桐生，都是熟人。不過也有新面孔，分別是班導羅絲薇

瑟，還有木場也成了同班同學！

這是為了在發生惡魔方面的事件，或是必須以「D×D」的身分出動時，方便我們立刻集體行動，學校方面才做了這樣的安排。和吉蒙里家有關的高三學生都聚集在一起了。

同樣的，以匙為首的西迪眷屬高三生也都聚集在C班。

狀況就像這樣，真希望我們三年B班可以一路和平度日到畢業！

我轉過頭去對坐在我正後方的木場說：

「班級對抗賽和社團對抗賽兩邊當然都不能輸，不過新神祕學研究社更是輸不得呢。」

「就是說啊。要是到了我們這一代就輸球的話，我們要拿什麼臉向畢業生報告啊。」

木場鬥志高昂地這麼說。

或許是出自身為副社長的自覺才這麼說的吧，但是木場這番話害我很想笑，最後還是忍不住噴笑了出來。

「怎、怎麼了？」

木場對於我噴笑的反應顯得相當疑惑。

「嘿嘿，我只是想起一年前的球技大會時，你那副鑽牛角尖的樣子。」

木場因為有關聖劍的事件而煩惱不已。那個時候，他整個人都在晃神，根本顧不得球技大會。

回想起那個時候，木場的臉色瞬間變紅。

「……別提那個嘛，一誠同學。」

而坐在附近的潔諾薇亞一臉歉疚地表示：

「我得加入學生會隊參賽。真抱歉。」

說的也是，潔諾薇亞雖然加入了神祕學研究社，但也是現任學生會的成員。身為會長，這也是無可奈何的事情。基於會長的立場，她也必須以學生會隊的身分參加球技大會才行。

伊莉娜豎起拇指對潔諾薇亞說：

「完全不成問題！因為我會負責打倒潔諾薇亞！」

或許是稍微動氣了吧，潔諾薇亞語帶挑釁地對伊莉娜說：

「那麼，我至少會徹底打倒伊莉娜。」

「妳說什麼！」

哎呀，她們把臉湊在一起，兩個人之間都迸出火花來了。

我和她們兩個也是在一年前的事件當中相遇的呢。天曉得在一年後，我們會變成同班同學，其中一個甚至當上了學生會長，當時還真是完全沒想到。畢竟，我們相遇的時候完全是敵對關係嘛……人生真是難以預料啊。

「這個嘛，要是對上了，我們也會正大光明地一決勝負。」

帶著笑意看潔諾薇亞和伊莉娜如此互動的我這麼說。

「……說的也是，我們輸不得。」

愛西亞輕聲冒出這麼一句話。該怎麼說呢，總覺得她的氣勢相當嚇人，聲音和表情也非常緊繃……

這時，桐生一邊拉愛西亞的臉頰，一邊這麼問：

「愛西亞，妳莫名地有點嚇人耶，沒事吧？」

「我、我沒護！因、因為我護賀長，當藍呼不得！」

說什麼當藍啊……她是不是給自己太多壓力了啊？

這麼說來，最近她無論是在家裡還是在學校，都經常陷入沉思。而且老是在社辦留到最後處理公務……

「……沒錯，因為我是社長。」

——愛西亞輕聲對自己這麼說。

「「…………」」

聽見她這麼說，原本還在大眼瞪小眼的潔諾薇亞和伊莉娜也一臉擔心地看向愛西亞。

「大家聽好了，B班要一同奮鬥！目標是冠軍！」

『喔——』

環繞在她周圍的，是另一個莫名充滿幹勁的羅絲薇瑟，以及有點提不起勁的同班同學們的聲音，在教室裡迴盪——

—○●○—

在如此這般的高三生活當中，新的「工作」狀況對我而言也相當重要。

我們「兵藤一誠眷屬」開始了屬於我們自己的生意。

生意——換句話說，就是惡魔的工作。

就像還在莉雅絲身邊的時候一樣，我們繼續聽取委託人的心願，並且在實現之後收取代價，依然做著這種自古以來延續至今的惡魔工作。既然已經成為上級惡魔了，這次我必須以「國王」的身分帶領愛西亞等眷屬們，經營「兵藤一誠眷屬」才行。以公司來比喻的話，我現在已經是「兵藤一誠股份有限公司」的總經理了。比喻得更具體一點的話，更像是「吉蒙里企業集團連鎖店的店長」吧。

……話雖如此，由於我約莫一年便升格為上級惡魔是前所未聞，在主人身邊工作的期間只有一年左右，同樣也是史無前例的短暫，老實說，一切的一切都沒有做好充足的準備。

如果是在主人身邊工作了好幾十年、好幾百年之後得知「幾年後或許能夠升格為上級惡魔」的狀態，獨立的準備應該也能夠毫無滯礙地進行吧。

工作了一年左右的我居然得主導所有業務，這是在一年前滿懷夢想立志要「成為後宮王！」的那個我無法想像的事情。

然而，我的主人莉雅絲平常很溫柔，在這方面卻異常嚴苛。

「你就試試看吧。既然僅僅一年就成為上級惡魔了，比起邪惡之樹的攻擊，這種事情根本算不了什麼吧。」

——就像這樣，完全是斯巴達教育！

至於我們工作的地盤，現在是將莉雅絲・吉蒙里眷屬所領有的範圍當中，其中三分之一交給我們負責。

……不過，「升格為上級惡魔！」→「準備獨立！」＋「確保地盤！」→「開始工作」這一連串的流程，要叫成為惡魔才一年的我，在升格之後這麼短的期間之內完成，根本就是不可能！

而我現在成為「吉蒙里企業集團連鎖店的店長」了，當然也享有連鎖店的福利，獲得集團提供的店舖——也就是活動據點。

我們的工作地點，是在駒王町的阿撒塞勒老師的實驗室之一。

實驗室位於從兵藤家步行十分鐘左右的地方，設置在一間補習班的地下。那間補習班似乎是由神子監視者(Grigori)不知不覺間暗中買下，還擅自建蓋了地下室。而我接收了那個地方。

補習班的電梯有專用的臉部辨識系統，通過系統認證為相關人士的人才能下去地下室。

這天，我們也在結束社團活動之後，等到夜已深沉，才和眷屬們一起前往補習班，並且直接一起進電梯。

「我還是不太習慣搭電梯進工作地點呢。」

潔諾薇亞這麼說。我也是這麼覺得。

電梯下樓之後通到一條長長的走廊，順著走廊前進，盡頭有一扇、右側三扇、左側兩扇，總共會出現六扇門。右側的房間從電梯這邊算起，依序是淋浴間、男廁，還有女廁。左側的房間從電梯這邊算起，依序是倉庫、茶水間兼休息室。

然後，最重要的是盡頭的房間，也就是辦公室。門上掛了一個牌子，寫著「兵藤一誠眷屬事務所」……其實我還挺愛看見這個牌子的。

打開這扇門之後，裡面是約莫十五坪的寬敞室內空間，就像辦公室一樣擺了好幾張辦公桌，桌上放著文件和電腦，此外還有檔案櫃、傳真機、訪客用的沙發和茶几等等最低限度的必須設備。當然，為了因應惡魔的工作，也準備了足以展開魔法陣的空間。總之，因為才剛開設，還欠缺很多東西，不過勉強還有個辦公室的樣子。

走進辦公室，我便前往最裡面的大桌子——主管辦公桌，也就是所謂的總經理桌……原則上，這是「國王」用的桌子。我原本說只要普通的辦公桌就好了，但是被蕾維兒一句「沒得商量！」給駁回，擺了這張大桌子要我拿出「國王」風範坐鎮在這裡。

……我很能體會愛西亞坐在神祕學研究社的社長辦公桌前面為何一副不知該如何是好的心境。感覺自己好像跑錯地方了，擔心自己沒資格坐在這裡——她大概也是這麼想的吧！

愛西亞、潔諾薇亞、蕾維兒、羅絲薇瑟把東西放在各自的辦公桌上，然後分別開始準備工作。

身為經紀人的蕾維兒實質上形同副總經理，一走進這間辦公室就透過魔法陣開始檢查接到多少委託。

愛西亞坐在自己的桌子前面等待蕾維兒的指示，潔諾薇亞很舒適地坐在自己的位子上，羅絲薇瑟則是開始製作召喚用的傳單。

我坐在總經理辦公桌前面，等待蕾維兒的報告……因為工作也才剛起步，手邊並沒有多少文件……還真有種無所事事的感覺。

蕾維兒檢查完畢之後，便配合各個眷屬分配委託人的案子。治癒系的委託給愛西亞，比較動態的委託給潔諾薇亞，有魔法方面需求的委託就交給羅絲薇瑟。當然，我們會過濾掉情色方面的委託！大家可都是我的寶貝眷屬，我怎麼可能容許那種委託呢！

確認蕾維兒坐到位子上之後……

「那麼，大家今天也要努力工作！」

我如此宣告開始營業。

「「「是！」」」「好！」

接著愛西亞、蕾維兒、羅絲薇瑟應「是」，潔諾薇亞應「好」，幾乎已經成為開始營業的慣例了。

蕾維兒立刻針對工作分配開始報告。

「──以上，今晚就照這個行程活動。那麼，麻煩各位了。」

蕾維兒報告完畢之後，我的眷屬們便透過魔法陣跳躍到對著傳單許願的人們身邊。

而我最主要的工作是目送大家離開，等到眷屬們回來之後聽取大家的報告，並且製作文件。這種工作當中「國王」負責的部分就像這樣，莉雅絲也是這麼做的。

蕾維兒基本上負責記錄，有時也會根據願望的內容轉移到委託人身邊。

我偶爾也會出個小差。多半的狀況下有愛西亞她們就夠了，不過我還在莉雅絲身邊工作的時候就開始照顧我的常客，像是森澤先生和小咪露等客人多半都是為了找我而許願，所以也繼續由我負責。

現在還是有客人會指定「請騎腳踏車過來」，即使當上「國王」之後，我還是騎著腳踏車前往客人身邊。不過，我變成惡魔也才一年多，以惡魔而言確實還算是見習期間，所以姑且不論當前的地位，不要忘記初衷還是比較好。

啊，我們是以連鎖店的定位開始營運了沒錯，不過充其量只是在莉雅絲的地盤之內活動，所以我們雙方緊密聯繫，以免我們的工作和她們互衝。對於連鎖店而言，她們那邊等同於總店，所以理所當然的，不時也得仰賴莉雅絲的指揮。

——就像這樣，我突然開始的「惡魔工作」也已經上了軌道。

……我得非常小心，避免出錯才行。我還沒有離開莉雅絲完全獨立，只不過是負責地盤的三分之一罷了。

……不久的將來，我會得到專屬於我的地盤，而且必須在那裡繼續工作才行。地點應該不會在駒王町吧。不，或許會是距離這裡很近的地方。不過，也有可能會在很遠的地方。

要在人類世界得到地盤，好像得經過冥界政府和吉蒙里家的認可，最後再得到身為主人的莉雅絲許可，經由高層們的判斷，再將準備好的地方交給我負責……

話說回來，也不知道我要等到什麼時候才能得到自己的地盤……希望不要在我還沒準備好的時候接到相關的報告。再怎麼說，我還是想在駒王町住到大學畢業為止。

可是，要是高層命令下來的話，也容不得我說這種話了吧……狀況的變化有時候會讓我感到不安。

正當我左思右想，歪頭低吟的時候，有人叫了我。

「『國王』啊，請用咖啡。」

「喔，謝啦，爆華。」

替我送上一杯咖啡的——是爆華．坦尼。

爆華（迷你龍狀態）在這裡幫我們做事。原則上他算是我的臣子，所以徹底協助我和眷屬們。

以惡魔的工作而言，他確實將我和眷屬們放在第一位著想，許多貼心的舉動也幫了我們很大的忙。像是他會立刻補充不足的物資，還會順便買點心和茶水回來呢。

……看他的工作表現，會覺得他在冥界被稱為「破壞的爆華」一定有什麼誤會。

之前聽蕾維兒說，他在冥界的時候動不動就找強者打架。還聽說他最討厭被拿來和父親還有哥哥們比較。

……我個人是秉持著爆華不主動提我也不過問的態度。不過，原則上，根據我得到的資訊，坦尼大叔的長男是他的繼承人，文武雙全，非常受到領民們的愛戴。次男則是冥界知名的研究者，平常以人類型態生活，而且在魔王領的專職機關擔任要職。

蕾維兒說爆華肯定對父親和兩個哥哥感到很自卑……不過我沒有兄弟，父親又是普通人，所以不曾對親人感到自卑……以這點而言我算是很幸福。

不過，我最好奇的是——爆華到底是看到什麼，知道了我的哪一點，才決定要當我的臣子？這件事我還沒詳細問過他。不，收了人家當臣子卻連這種事情都沒問，我也覺得身為「國王」這樣好像不太對，但是……

「你是喜歡我哪裡啊？」

像這樣做作且自戀地問他又很不像我的作風。如果我問了他大概就會回答吧……不過，我希望時機成熟的時候能夠自然問到就可以了。

我現在也還在招募&找尋新眷屬以及參加大會的隊員，不久的將來大概就會有這樣的機會了……

我就像這樣一邊想著第一個臣子，一邊工作。

幾個小時後——

第一個從魔法陣當中回來的，是潔諾薇亞。她手上拿著作為代價的物品。

「我回來了。客人給的是骨董桌上型時鐘。一誠、蕾維兒。麻煩你們確認一下。」

蕾維兒把代價物接了過去，開始確認價值。

「辛苦妳了。我看看……看起來確實是年代頗為久遠的東西。交給鑑定師好了。」

代價物可以用專用的機器粗略地計算價值，不過在需要正式鑑定的時候我們習慣交給專門的鑑定師。至少吉蒙里家是這麼做的。

接著，輪到羅絲薇瑟回來了。

「我也回來了。據說，這好像是很稀有的遊戲軟體……」

蕾維兒也檢查起羅絲薇瑟得到的代價物。

「辛苦妳了，羅絲薇瑟小姐。好的，這個我也會交給專業的鑑定師。啊，一誠先生，您要看一下嗎？」

蕾維兒猜想我對遊戲軟體會有興趣，於是這麼問我。其實我也有興趣，所以馬上看了一下羅絲薇瑟的代價物……是在我小時候小有名氣的一款遊戲。

「啊啊，是這款遊戲啊──我好像是聽過這個很稀有沒錯。總之交給鑑定師吧。」

我決定這麼做。這種代價物好像是可以讓眷屬收下沒錯，不過吉蒙里眷屬的做法是將代價物全部確實送到吉蒙里本家的倉庫去。我也仿效那樣的做法，將代價物送回吉蒙里本家。

之後，鑑定出來的金額會匯入名為「兵藤一誠眷屬」的戶頭裡面。我不知道其他的惡魔家族是怎麼經營事業的，不過我這邊──吉蒙里家採取的是這種系統。

啊，原則上，這間辦公室的設備費用，都是拿我靠惡魔工作和「胸部龍」的版稅賺到的錢出的！由於存款的金額過於龐大，原本都是交由葛瑞菲雅為我管理，而關於這方面款項的使用我已經請她解禁，各項用品都是用我的錢準備的……令我感慨萬千。

順道一提，我看了一下很久沒確認的戶頭，看見的是一長串我從來沒見過的數字……

嗯，該怎麼說呢，就算陷入緊急危難狀態，我應該還是可以很輕鬆地保住眷屬們的生活吧。

正當我這麼想的時候，魔法陣第三次發光。回來的是愛西亞。

「……我回來了。」

愛西亞手上抱著的法國娃娃大概是對價物吧……但是她一副心不在焉，好像在想什麼事情的樣子。

「辛苦妳了，愛西亞小姐。」

蕾維兒原本想接手代價物……但是愛西亞沒有發現，從她身邊走了過去。

「愛西亞小姐，愛西亞小姐！委託人給的代價物請交給我！」

蕾維兒叫住她。

「凹嗚！對、對不起！我忘記給妳了！就、就是這個～～！」

愛西亞也回過神來，連忙把娃娃交給蕾維兒。

「真是粗心啊，愛西亞。」

我這麼說……但身為朋友的潔諾薇亞卻是一臉擔心地看著愛西亞。

就在所有人都先回來了一趟，稍事休息的時候。蕾維兒來到我身邊，湊到我耳邊來說：

（不好意思，一誠先生。）

「嗯？怎麼了？」

蕾維兒瞄了一下愛西亞。

（我有點事情想和您商量。是有關愛西亞小姐的事情……）

……看來是不方便在這裡說的事情。

我帶著蕾維兒離開辦公室，進到倉庫裡開始密談。

蕾維兒一開口就說：

「是這樣的，其實有點難以啟齒……不過顧客意見調查表上頭，寫了有關愛西亞小姐的事情……」

蕾維兒拿出意見調查表。那是完成委託之後顧客回饋的意見，是相當貴重的資料。

我看了一下內容。

……上面寫的是有關愛西亞的工作態度的意見。

我一邊確認意見調查表一邊說：

「嗯——原來如此。客人覺得愛西亞的狀況不太對勁。」

沒錯，意見調查表上寫著，愛西亞在接受委託的時候也會一臉凝重地想事情，或是勉強接受委託最後卻失敗，很不像平常的她。

蕾維兒也一臉擔心地說：

「比起不滿，客人那邊的反應多半都是表示擔心……直接將這件事告訴愛西亞小姐我也覺得不太好……」

的確，要是把這種事情告訴她的話，她反而會更介意，把鬥志繼續用在錯誤的方向上，或是變得意志消沉吧。單論委託本身的話最後還是有實現了願望，以結果而言倒也不壞就是了……

短時間內，客人可能會因為擔心而避免召喚她吧……話說回來，幸好都是一些會擔心愛西亞的人，讓我放心多了。

「大概是太逞強了吧。社團活動的時候也看得出這種徵兆。」

沒錯，無論是在家裡的生活當中，還是在神祕學研究社的活動時，她都莫名地充滿鬥志。我們在社辦聊球季大會的社團對抗戰的時候，她的氣勢也很嚇人。

鬥志高昂到會說出「輸不得！」、「一定要贏！」這種話，一點都不像愛西亞……最近，我總覺得她因為身為神祕學研究社的社長而過度逞強了。

蕾維兒摸著臉頰，不知道該做何判斷。

「大概是因為新的環境而感到困惑吧……或許應該調整一下行程安排才對……但要是在言詞和安排上有否定愛西亞小姐的鬥志的感覺，可能反而會對她造成打擊……」

再加上愛西亞對蕾維兒而言也是同校的學姊，有太多讓她難以啟齒的因素了。

「她大概是在摸索該如何以社長的身分自處，又該如何經營社團活動吧。」

我如此脫口而出。我想大概是這麼回事吧。

關於這一點固然有愛西亞必須自己克服的部分……但話雖如此，既然是我可愛的愛西亞的煩惱，我又怎麼能夠視若無睹呢！

我也得若無其事地加以協助，也想和現任的神祕學研究社副社長木場和潔諾薇亞、伊莉娜，還有前社長莉雅絲好好商量，好好支援愛西亞。

最重要的，大概是愛西亞本身的成長吧。

在這股力量覺醒之後，大家都期待我所扮演的「赤龍帝」，我也力求表現。我經歷過失敗，也有過慘痛經驗。不過目前為止，我還是以自己所扮演的「赤龍帝」一路闖蕩至今。

現在大家也期待著愛西亞所扮演的「社長」，她自己也力求表現。只是，就算以莉雅絲為目標，想要變成莉雅絲的話就不太對了。因為愛西亞就是愛西亞。

我希望愛西亞可以找到她應該扮演的「社長」定位。她也必須辦到。為了達到這個目標，任何事情我都願意做。如同愛西亞一直以來支持著我，現在輪到我支持她了。

——我想，應該找個機會把這些想法告訴愛西亞。

潔諾薇亞、伊莉娜應該也察覺到她的困境了，所以我大概會先找她們兩個商量吧。

……我又歪頭苦思了。嗯——從成為「國王」那陣子開始，我的煩惱就變多了。好懷念一年前那個把「後宮王！胸部多多夢想多多！」掛在嘴邊，只憑色心行動的我啊。

不，現在的我還是最喜歡胸部！目標也還是後宮王！

可是，立場不同了，所以要想的事情也變多了……或許，升格為上級惡魔就是這麼回事吧。

看著煩惱的我，蕾維兒輕聲笑了一下。

「為了眷屬而煩惱也是上級惡魔的工作。毫不煩惱的『國王』反而還比較有問題。」

至少我絕對不會變成那樣的「國王」啦。難得愛西亞和蕾維兒她們願意來到我身邊，我也要在能力所及的範圍內盡最大的努力。

「愛西亞的問題，就由大家一起協助她。之後再跟大家說一聲吧。」

「我知道了。」

得到蕾維兒的同意之後，我們的密談也就此結束。哎呀——有蕾維兒這個機靈的經紀人真的幫了我很大的忙。這下我一輩子都無法忤逆她了吧……

我們兩個從倉庫回到辦公室之後，潔諾薇亞一邊嚼著餅乾一邊說：

「你們在倉庫裡偷偷摸摸完了啊？真虧妳想得到要利用那裡啊，蕾維兒。」

她居然說這種話！

我和蕾維兒瞬間變得滿臉通紅！

「笨、笨蛋！我和蕾維兒才不是去做那種事情……！」

羅絲薇瑟也滿臉通紅地表示：

「在工作中做色色的事情！這個職場可以接受那種不認真的態度嗎！」

愛西亞也緊咬著這個話題，淚眼汪汪地說！

「一誠先生！在家裡不行嗎！這、這樣的話我都不知道該在哪裡和一誠先生……這樣那樣才對了！」

不，我覺得當然是在家裡比較好吧！應該說，拜託不要再用那個門把埋伏我了！事先報告之後再用那個會更讓我開心！

我身旁的蕾維兒也舉手扶著下巴，不住點頭，一副被說服了的樣子。

「原來如此，還有倉庫這招啊。突破盲點了。」

蕾維兒？妳、妳該不會是想對倉庫追加奇怪的使用方式吧！

爆華則是不知為何大哭了起來。

「我的『國王』即使在值勤仍然不忘與眷屬共享肌膚之親！在下爆華真心感到佩服！」

我的眷屬和臣子根本沒救了！現在是因為我太好色了，眷屬和臣子也對這方面特別寬容嗎！

話說回來，倉庫是吧……好像有搞頭！不、不對！難得也有間休息室，可以的話我希望能在那裡和愛西亞，還有潔諾薇亞、蕾維兒、羅絲薇瑟進行眷屬之間的交流——

『一誠先生……請賜與我「國王」的慈悲……』

『來吧，讓我生下「國王」的小孩吧！』

『……我是經紀人，自然要深入管理一下。』

『……這、這是怠忽職守！可、可是，偶爾來點職場戀愛好像也不錯……』

……呼呼呼！轉個念頭想的話，這樣的職場似乎再棒不過了！這樣啊，這就是專屬於我的城堡啊！店長、總經理，太讚了！

阿撒塞勒老師！老師留下來的這間實驗室！我會連同情色方面，廣泛地加以活用的！

正當我妄想著這些色色的事情的時候。

「我、我泡茶來了。」

從茶水間拿著托盤端茶過來的人影出現在辦公室裡。

——是愛爾梅希爾德。

她今天穿著駒王學園的女生制服。因為既然要和我們一起行動，做同樣的打扮也比較方便。她那張像娃娃一樣標緻的臉蛋和苗條的肢體配上熟悉的制服有種反差感，感覺很新鮮。

愛爾梅希爾德最後決定要協助我們的工作。因為她說，一直待在兵藤家卻什麼都沒做，讓她很過意不去。

沒錯，她也寄居在兵藤家了。不過，超自然陣營的女生住進我們家，事到如今好像也不值得一提了。因此，她表示既然在我們家叨擾了，自己也想幫點什麼忙，所以堅持在這裡幫忙泡茶、整理文件。

由於她不是加斯帕和瓦雷莉他們那種不怕日光的晝行者，平常都把兜帽拉得很低，衣著上也盡量避免讓肌膚暴露在外，但因為現在是晚上，穿學校的制服也不成問題。

……混血兒在太陽底下不成問題，血統純正的吸血鬼卻不行，總覺得有點複雜……是不是越接近真祖就越是這樣啊？

當然，她住的也是地下室的房間。假日的白天她也很少上樓來。雖然她照到日光也不會當場死亡，只是能力會顯著下滑而已……不過拜託一下神子監視者的話，他們應該願意提供——或是開發解決的技術吧。下次商量看看好了。

愛爾梅希爾德拿托盤端茶給大家。

「好，謝謝妳，愛爾梅希爾德——等等，危險危險危險！」

看著愛爾梅希爾德的動作，我忍不住叫出聲來。

愛爾梅希爾德似乎不太擅長做這種事情，這次還是一樣，手上的托盤一直晃來晃去，巡迴室內的腳步也是小心翼翼。

她每次都是這樣！茶泡得怎樣姑且先不論，但原本是千金大小姐的愛爾梅希爾德怎麼可能有過為大家端茶水的經驗，光是拿托盤端茶分給大家就吃盡了苦頭！

而且明明做不來，卻因為與生俱來的高傲個性而不時堅拒我們的善意。

「這、這點小事，算不了什……麼！哇、哇哇哇哇哇哇！」

——就在如此堅稱之後沒多久，她就絆到腳，失去平衡，眼看著托盤上的茶就要全部飛出去了！

然而，就在這個時候——潔諾薇亞從空無一物的空間當中，瞬間拿出聖劍王者之劍。

「喝！」

她拿著聖劍屏氣凝神——飛了出去的托盤和茶杯全都像是時間暫停了似的，當場漂浮在半空中。

潔諾薇亞緩緩挪動手中的劍，托盤和茶杯便隨著她的動作在半空中移動，順利抵達空著的辦公桌。

潔諾薇亞立刻將聖劍收回亞空間，喘了口氣。

「呼——幸好沒有摔到地上。」

「不、不好意思……」

對此，愛爾梅希爾德也乖乖道歉。

「潔諾薇亞，剛才那是支配的能力嗎？」

我針對剛才的絕技詢問潔諾薇亞。

潔諾薇亞點了點頭。

「嗯，這種程度的話我算是用得比較上手了。前提是如果成功的話啦。」

潔諾薇亞一直為了靈活運用統合為一的王者之劍的能力——活用七種特性，而不斷鑽研。只是，凡事總有擅長不擅長的問題，想學會不擅長的特性似乎相當困難。

尤其「支配」的能力更是號稱最為困難的一種……然而她已經可以應用在這種日常生活中的事情上了啊……

潔諾薇亞看向蕾維兒，露出苦笑。

「因為我們家的『主教(bishop)』大人開了很嚴格的訓練課程嘛。」

蕾維兒也接著說：

「只要條件湊齊了，可能就會有辦法解決，而且多少能用一點就可以成為我們的武器，所以我正在請潔諾薇亞小姐依照特別課程進行訓練。」

蕾維兒的特別課程啊。其實她也有開給我呢。

應該說，蕾維兒幾乎對每個隊員都提出了「新的招式」，拜託我們嘗試實現那些招式。

蕾維兒真的很厲害，想到的方法真的都很有意思。我還真沒想到她會找我商量「那種手段」呢。不過，要是真能實現的話，大概所有人都會嚇破膽吧。

好不容易把順利被救回來的茶水分完之後，愛爾梅希爾德坐到椅子上，喘了口氣。

潔諾薇亞喝了一口茶之後，開口說：

「妳不擅長泡茶嗎？雖然說只會戰鬥和吃的我也沒立場說這種話就是了。」

愛爾梅希爾德低調地表示：

「因……因為在家裡所有事情都有傭人幫我打理……」

我想也是。惡魔也一樣，在上流階級當中，雜務基本上都是交給傭人去處理。

蕾維兒一邊喝茶，一邊附和道：

「既然是貴族，這也是莫可奈何的事情。」

「可是，蕾維兒會做糕點對吧？」

我這麼說。雖然是貴族出身，蕾維兒卻很會做蛋糕。她現在還是一樣偶爾會找空檔親手做蛋糕請我們吃。她本人表示，目前最大的競爭對手是木場做的乳酪蛋糕。木場的乳酪蛋糕也是一絕啊。

蕾維兒接著這麼說：

「冥界也有很多貴族家的小姐的興趣是料理喔。」

「這麼說來好像也是。莉雅絲和蒼那學姊也都會做菜。」

莉雅絲在家裡也會煮東西給我吃，蒼那學姊……原、原則上也算是會做菜。

出乎意料的，我身邊的惡魔千金小姐們，即使沒有傭人也能夠自行打理日常生活起居。

愛爾梅希爾德表示：

「…………我會學！」

大概是自尊心有點受傷吧，她強而有力地這麼回答。

潔諾薇亞接著也這麼說：

「更重要的是，我覺得愛爾梅希爾德經常在空無一物的平地走到快跌倒。這點比愛西亞還嚴重。」

啊啊，的確。經她這麼一提，愛爾梅希爾德在家裡好像也經常絆到東西。論粗心度或許是在愛西亞之上。

「……這！」

愛爾梅希爾德原本想抗議，但聲調隨即降了下來。

「……請多給我一點時間。」

……看來她也有自覺。

第一次見面的時候那麼高傲又充滿攻擊性的典型純種吸血鬼……原來有著如此令人意外的一面……有些事情平常沒有一起生活還真的看不到呢。

經歷了這麼一段插曲之後，我們繼續處理這天的工作。

到了營業時間即將結束的時候，蕾維兒一邊看著時鐘一邊說：

「一誠先生，工作到一個段落就先結束吧。等一下——」

「是啊，說的也是。」

沒錯，這天我們有個見面會。

我們要見的——是幾天之後的比賽對手，杜利歐所率領的「神聖使者（brave saint）」隊，「天界的王牌」。

我們要和「天界的王牌」見面的地方——選在兵藤家。其實選在教會的相關設施也可以，只是雙方彼此顧慮之下，地點遲遲無法定案，最後乾脆選在已經是「D×D」集合地點之一的兵藤家，敲定了一切。

至於為什麼要辦這個見面會……是因為想趁這個好機會，和還沒有互相自我介紹過的「神聖使者」的主力，在對戰之前正式打個招呼。

其他吉蒙里眷屬和莉雅絲的隊員原本也想一起打招呼，但很不湊巧的是，他們的比賽快到了，現在似乎正在進行深夜的練習。

她們改天也會找機會自己和「神聖使者」的主力打招呼的樣子。也就是說，這次只有我們兵藤一誠眷屬，也就是「燚誠之赤龍帝」隊和杜利歐他們見面。

我們透過地下的魔法陣邀請他們進來，然後在兵藤家樓上的貴賓室齊聚一堂。

我們圍著長桌，雙方隊伍分別坐在兩側。

我在最裡面的位子就座之後，對方的「國王」——杜利歐也因應我的動作在對面坐了下來。坐在我身旁的不是「皇后(queen)」，而是蕾維兒。隊上有「皇后」位置的選手，但是眷屬當中還沒有「皇后」。

順道一提，隊伍當中負責「皇后」位置的維娜小姐，「這次」願意出席。平常除了隊伍全員出席的練習之外，她並不會露臉……不過，對於知道她的真面目的我而言，她想來也沒那麼容易就是了。維娜小姐坐在最角落避免受到關注……不過她臉上戴著面具，所以反而特別引人側目。

好了，接下來要互相介紹彼此的隊伍，不過對方似乎不是全員到齊，來的好像只有四大熾天使(Seraph)的A(ace)和比較具代表性的選手而已。

還有，「天界的王牌」隊的教練也會來……沒錯，他們和我們不同，另外雇用了指導隊伍的教練。規則上，這完全不成問題，而且聽說排名遊戲的職業賽也可以雇用教練。

不過，以職業賽而言，不雇用教練，由「國王」指揮自己的隊伍好像才是常態就是了。

我也是後來才聽說有教練這回事，以排名遊戲而言似乎是非主流的規定。

而且職業選手多半都是貴族，全是會說著「不需要什麼教練！由我來指揮就可以了！」那種傲慢類型的人。

莉雅絲提過，雇用教練這個概念還不普遍的原因之一，是選手的總人數還沒有真的那麼多。而且惡魔很長壽，肉體年齡也不太會老化，能當現役選手打一輩子也是個重要因素。

也對，可以打一輩子的話，自然也不會有想當教練的退休選手了……說不定，這個部分也是排名遊戲的問題呢。

在這樣的狀況下，國際大會的規則也規定可以雇用教練，實際上非惡魔的參賽隊伍也出現了很多找熟悉遊戲的人當教練的案例。

然後，「天界的王牌」隊也請來某位知名選手當教練。或許也是因為這樣，他們的隊伍也和我們一樣，連戰連勝。

……雖然目前好像還沒對上神級的隊伍，不過面對由出現在神話當中的魔物混編而成的強大隊伍時，他們也取得了完全勝利。

那位教練，是連我也知道長相和名字的名人，第一次聽到這項情報的時候我還大吃了一驚。蕾維兒對他們也是嚴加提防。

不過那位教練……似乎會晚點到。

據說他表示過可以先開始，所以我們立刻就互相介紹彼此了。在這次見面會開始之前，蕾維兒先交代過我們——

『一誠先生、各位，這次見面會當中或許會出現戰術性攻防的場面。即使見面時再怎麼和諧，也要當作和對方的情報戰已經在檯面下展開了。畢竟，對方的教練是那位大人。』

對此，伊莉娜表示：

『真是的，這只是打招呼，純粹是天使們來找我們打招呼罷了。情況不會搞到那麼緊繃啦。』

就算她這麼說……我也不能忽視蕾維兒的意見，姑且還是保持警戒好了。話雖如此，對方以一起對抗過邪惡之樹的杜利歐為首，還有葛莉賽達修女以及各位「神聖使者」，把場面搞得太緊繃也很沒意思。

好了，先由我們開始打招呼吧。

「呃——我是『燚誠之赤龍帝』隊的『國王』，兵藤一誠——」

就像這樣，介紹由我開始，接著我們這邊先完成了所有人的自我介紹。

再來換「神聖使者」方面自我介紹了。不過，大家的長相我多多少少都認得，各個A和主要成員的情報都在對抗邪惡之樹的時候大致上告訴過我們了。

伊莉娜站了起來。她也是「神聖使者」的一員，原本是米迦勒先生的A，不過這次見面會是以國際大會為準，所以坐在我們這邊的座位。

伊莉娜對著「天界的王牌」隊伸出手說：

「一誠，他們就是『神聖使者』的主要成員，同時——」

「也是『天界的王牌』隊喔，一誠老大。」

接著這麼說的，是對方的隊長——亦即「國王」，也就是坐在我正對面的杜利歐。

轉生天使那邊開始依序介紹。

悄悄站起來的，是一個五官深邃，面相很適合留鬍子的高大黑髮男子。他穿著神父的服裝，體格壯碩，而且我記得……他是德國人吧。根據情報，他的年齡應該差不多在三十五歲左右。

他對我們秀出手背，上面浮現出A的字樣。

「初次見面，各位幸會。我是迪特漢．瓦爾德澤米勒，擔任拉斐爾大人的『A』。今後請多關照。」

無論是說話方式，還是舉手投足，都讓人覺得他是個風度翩翩的紳士。

愛西亞一直在注意迪特漢先生。其實，原因正是出自這位先生的能力——也就是他的神器（sacred gear）。

迪特漢先生也發現了這件事，露出祥和的笑容。

「愛西亞修女。我所擁有的能力和妳很相似，所以一直很想跟妳見上一面。」

「你、你好！我也是！」

——愛西亞一臉緊張地如此回應。

正如他們所說，情報當中指出迪特漢先生的神器，具備的是恢復能力！只是，他不像愛西亞能夠發揮在任何人身上，恢復的對象只限定在信徒——也就是視同天界陣營的人身上。

不過，正因為他的恢復能力有限制，才不會對神器系統造成弊害，而免於像愛西亞那樣遭到放逐吧……真希望神器系統能夠有所改進。

下一個轉生天使——是個活力十足地站了起來，年紀和我們相仿的少年神父。最大的特色是像刺蝟一樣倒豎的金髮。

「我叫尼祿！尼祿．雷蒙迪！是烏列大人的『Ａ』！興趣是拯救受苦受難的人們！專長是痛扁惡魔和吸血鬼！」

——真虧他可以毫無惡意，爽快又大聲地說出這種話來啊！他毫無諷刺或是批判之意，完全就是平常都這麼說的感覺。

一旁的迪特漢先生挑眉表示：

「……尼祿，你對眼前這幾位先生小姐說那種話是什麼意思？」

儘管長輩如此糾正他，他本人還是一副毫不在意的樣子，雙手扠腰，豪邁地笑了。

「哈哈哈哈哈哈！別提那種小事嘛，迪特漢老大！對面的各位也別放在心上！簡單來說就是我最擅長對付壞蛋，大家記得這一點就好了！」

少年神父——尼祿看向潔諾薇亞，舉起手來。

「嗨，潔諾薇亞！好久沒有直接碰面了！」

「……是啊，你看起來過得很好嘛。」

他和潔諾薇亞認識啊？也對，既然都是教會的戰士，見過面也不稀奇吧。既然如此，從名字來判斷，他應該也來自義大利嘍？不過，潔諾薇亞本人卻嘆了口氣。

「你們認識啊？」

我這麼問。

「這個嘛，在教會底下當戰士的人，就算不願意也會聽到直屬於梵蒂岡的這個傢伙，還有杜利歐·傑蘇阿爾多的事蹟。」

說的也是。既然都是實力堅強的戰士，在組織內總會聽到傳聞，偶爾也會見到面吧。

莫名興奮的尼祿從懷裡拿出一樣東西——是英雄風格的面罩。

他興高采烈地介紹起那個面罩來了。

「這是『天使隊長』！無論何時都絕對不會退縮，是小朋友們的好夥伴！也是我的另外一個面孔！請務必讓我和『乳龍帝胸部龍』對決……不對，是同台亮相一下！」

天、天使隊長……我在比賽的轉播中也看過好幾次，之前也聽說過天界一樣推出英雄作品來了。

伊莉娜說：

「我之前好像也提過，受到一誠的『胸部龍』的影響，天界也覺得有個專為信徒們設計的英雄好像不錯。所以，尼祿就自告奮勇了。」

接著杜利歐也這麼說：

「我不是要幫他說話，不過我們孤兒院的小朋友們也挺喜歡的喔。」

「杜利歐！這種時候可以多加油添醋一點吧！以『胸部龍』為目標！總有一天要超越『胸部龍』！就是這樣，請多指教，『胸部龍』！」

尼祿對我這麼說。我也受到他的熱力所震懾，只能回答他「好、好喔」而已。

這、這個傢伙還真是活力十足啊。潔諾薇亞之所以嘆氣也是因為跟不上他的活力吧。潔諾薇亞也已經算是很豪邁的人了……但是始終都那麼亢奮的尼祿似乎讓她覺得很麻煩。

在活力十足的少年神父之後——是身穿黑色修女服的美少女！我也一直對那個女生很好奇！她也和尼祿一樣，年紀和我們差不多。我認得這個女生，名字應該是蜜拉娜吧！我記得是俄國人！帶點灰色的藍眼睛非常漂亮。戴在頭上的頭紗底下還露出一點帶灰色的金髮(ash blonde)。

或許是因為輪到她了，那位修女紅著臉，害羞地說：

「……我、我是蜜拉娜．沙塔洛瓦……擔任加百列大人的『A』……原則上是正教會的修道女。請多指教……」

……啊啊～啊啊～啊啊，連聲音都這麼可愛……！絕對正義加百列小姐！手下的A也這麼可愛，真是太棒了！原來俄國的妖精真的存在！順道一提，「修道女」是正教會對修女的稱呼。

話說回來，呼呼呼……聽說加百列小姐的「神聖使者」全部都是女性！不僅如此，以Q（queen）葛莉賽達修女和這位A蜜拉娜為首，各個都是美女、美少女！真是太棒了！真希望我可以認識她們所有人！

正當我內心興奮到不行的時候，杜利歐又補了這麼一刀！

「順道一提，聽說蜜拉娜的胸部非常大，這件事在女轉生天使之間也相當有名呢。」

——！得到驚人情報的我，視線瞬間投射到蜜拉娜的胸口！

隔著會遮蔽體型的修女服無法目測啊……可惡！我又忘記學習元濱的絕招了！大概是因為壞蛋們斷斷續續地接連來襲，再加上我本身也持續不斷在變化，以至於到現在還沒有學會他的探測器技能！

「啊嗚。」

反應慢半拍的蜜拉娜以可愛的聲音這麼一叫，同時以雙手遮住胸口。她並沒有生氣的感覺，而是害羞的反應！好新鮮啊！真的很久沒見到這種嬌羞少女的反應了！

我們家的女生們都很開放，這樣是很不錯，但是對於男人而言，看見這種生澀的反應也相當開心……！

「杜利歐，這樣算是性騷擾喔。」

葛莉賽達修女對鬼牌如此吐嘈。

……這時，我覺得好像有人在看我，便轉頭看向氣息傳來的方向——

「…………」

然後便看見愛西亞鼓起臉頰的可愛模樣！她似乎在用眼神控訴說「我也是修女」！不，她八成就是這個意思吧！

我知道啦，愛西亞！可是，我遇見的具備特殊能力的教會修女，實在太多美女、美少女了嘛！

潔諾薇亞這時赫然驚覺到什麼，便開口說：

「唔！這也是鬼牌隊的戰術嗎！將蜜拉娜修女是巨乳這件事告訴一誠，企圖讓他在比賽中失去注意力！」

對此，杜利歐瞬間愣了一下，然後立刻捧腹大笑。

「啊哈哈哈！原來如此！我都沒想到這一點耶！那麼，我們就在戰術當中利用蜜拉的胸部好了。」

蜜拉娜的臉變得更紅了！然而儘管害羞，她還是表示：

「……如、如果我的胸、胸部能夠為隊伍的勝利有所貢獻的話……我願意奉獻……」

居然堅強地這麼說！妳、妳願意喔————！

這招胸部戰術有可能成形嗎！這下不妙了！非常不妙！完蛋了！我一定會中招！

如果還是「士兵」的話，我大概會驚叫「真的假的！」並且開心地露出色慾薰心的表情吧。但我現在是「國王」！是大家的「國王」！不可以讓大家看見我丟臉的模樣！可是，對方的戰術太美妙了！蜜拉娜的胸部肯定是強敵！

夾在歡喜與自制之間受苦的我，帶著一臉苦澀的表情說：

「……蕾維兒，我該如何是好？」

聽我這麼說，蕾維兒依然淡定。

「——能夠戰勝對方的戰術的話，之後我的胸部任您愛怎麼揉都可以，所以在比賽當中請您戰勝煩惱。」

——！我的經紀人大方說出這種話！……真是令人感激！真是令我感激不盡啊！登峰造極的超級經紀人！有了這記強心針之後，我鄭重對杜利歐說：

「如果你用蜜拉娜的胸部攻擊我的話，我也只會硬接，然後回來揉蕾維兒的胸部！」

在如此令人不知道該做何感想的狀況之後，葛莉賽達修女對維娜說「辛苦妳了」，維娜也只是冷靜地回了一句「平常就是這樣」。而我的發言對象杜利歐也表示「哎呀～～」一誠老大果然很有意思～～」，笑到眼角都擠出淚水來了。

——這時，有個人乾咳了一聲，讓場面恢復平靜。

「咳。我可以繼續下去嗎？」

在這麼說的同時，下一位「神聖使者」站了起來——是個年約三十多歲後半，神情精悍的日裔男子。

一頭長黑髮在後方綁成一束——也就是所謂的武士頭。

在他的手背上閃閃發亮的，是J(jack)的字樣。

「我是拜織天使麥達昶大人賜予『J』職責之人，名叫真羅清虎。今後請多關照。」

啊，是麥達昶先生的J！我之前見過麥達昶先生一面。他好像非常沉迷於日本文化，還在真正的忍者身邊修練……

忽然，他的名字讓我有點好奇。

「莫非，你和真羅椿姬學姊有什麼關係？」

沒錯，真羅這個姓氏，和日本的異能力集團——五大宗家之一，「真羅」一樣。既然是足以成為轉生天使的人才，大概就是那個家系出來的吧。既然如此，他和我們所認識的真羅家的人，也就是真羅椿姬學姊應該有什麼關係才對，我在腦內如此連結。他的相貌也不禁讓我想起真羅學姊。

男子——真羅清虎似乎也認識真羅椿姬學姊。

「椿姬嗎？她是我親戚的女兒。」

真羅清虎立刻如此回答。果然是同一個家族的人啊。

杜利歐為我們補充：

「清子是真羅宗家的血親，算是現任宗主『真羅白虎』的叔父。不過他突然對基督教產生了興趣，便隻身前往梵蒂岡以戰士的身分戰鬥，因此得到天界的好評。」

是喔——有真羅的人變成基督徒了啊。最後還變成轉生天使。原來還有這種案例啊。

杜利歐的說明似乎有一部分讓真羅先生頗有微詞。

「……杜利歐大人，可以請你不要叫我清子嗎……」

對此，杜利歐哈哈大笑。

「可是，人家說清虎也可以唸成清子，而且我覺得這樣比較可愛。」

這種隨性的部分還真有杜利歐的風格！的確，要唸成清子也不是不行，但是身為日本男兒，名字最後是個「子」字還是會有點抗拒吧。

真羅先生又乾咳了一聲。

「……咳嗯，總之，我是真羅家出身的轉生天使。儘管是五大宗家出身，但我的身心都已經奉獻給主、天界，以及麥達昶大人了。」

　真羅先生的介紹結束之後，今天最後一位「神聖使者」——葛莉賽達修女站了起來，鄭重向我們打招呼。

「我想各位都已經認識我了，我是加百列大人的『Q』，葛莉賽達·夸塔。我們家的潔諾薇亞平常承蒙各位照顧了……」

『好說好說。』

除了潔諾薇亞以外的我、蕾維兒、愛西亞、伊莉娜、羅絲薇瑟都如此回應。潔諾薇亞的表情看起來相當複雜。

如此一來，來訪的轉生天使們也全都自我介紹完畢了。鬼牌杜利歐、四大熾天使的A、麥達昶先生的J，以及加百列小姐的Q齊聚一堂。由於他們轉生天使具備撲克牌的特性，只要湊齊牌型就能夠發揮強大的力量，光是在場的成員應該就已經可以發動能力了吧。

……四大熾天使當中，米迦勒和拉斐爾、烏列都帶著手下除了A以外的「神聖使者」，和666（trihexa）一起前往隔離結界領域了。剩下的天使當中比較有影響力的，就屬加百列、麥達昶等其他熾天使成員。他們似乎是在留下來的轉生天使中募集參加大會的選手。

話說回來，既然見過A、Q、J了，10（ten）以下的成員也令我非常好奇。另外，聽說還有另外一位Q（熾天使聖德芬的Q）是女性。我也很想認識她。

「其他成員……都沒有來啊。」

我不經意地這麼說，杜利歐便苦笑道：

「要來一誠老大家叨擾，再怎麼樣也不能把一大票人都帶過來嘛。隊員大部分都在看家。我原本還想帶『10』和另外一位『Q』過來的……」

但那位10還有另外一位Q表示「和這些成員相比，我們還不成氣候」，便辭退了這次的見面會。

「他們也非常強喔。」

伊莉娜也這麼幫不在現場的同事們說話。當然，既然可以拿到那麼大的數字，實力肯定無可挑剔吧。這麼說來，聽說他們也找了雙子熾天使，麥達昶和聖德芬兩位的A入隊……但是，他們還有任務要顧，好像要在預賽後半才能正式參賽，趕不上這次的比賽。

對於蕾維兒而言，目前只有聽說過其存在的「另一張王牌」——第二張鬼牌（extra joker）的去向似乎才是最為讓她介意的一件事。不過好像也不在杜利歐的隊上……

潔諾薇亞看著眼前的成員，再次出聲感嘆。

「無論如何，這都是非常不得了的事情。聚集在這裡的，全都是我還是教會戰士的時候曾經聽說過的知名強者。如果時代不同的話，這裡的戰力都足以正面對抗最上級惡魔加上所有眷屬了吧。」

沒錯，正如潔諾薇亞所說，聚集在這裡的成員都是在教會戰士時期就被稱為強者的人。

當然，潔諾薇亞和伊莉娜也包含在內。

……這群人八成就連上級惡魔也能夠輕易葬送，時代不同的話，聚在一起的時候大概都是要去攻打冥界了吧。

天使方面的介紹也結束之後，杜利歐用力拍了一下手。

「──好了，大概就是這樣了吧。我們先聊一下，等教練來如何？」

或許是因為杜利歐隊長很開朗的緣故吧，儘管是不久之後的對戰對手，室內的氣氛和氛圍都很爽朗。

之後我們大概閒聊了十幾分鐘。正當我們聊得和樂融融的時候，有人敲了門。

「一誠，我帶晚到的客人來了。」

老媽隔著門對我這麼說。

大概是那位教練吧。門一打開，那位教練一露臉──瞬間氣氛為之一變，場面逐漸變得越來越緊張。

「失禮了。我對日本的地理不太熟悉。」

那個人──是最上級惡魔。身穿正式服裝，一頭銀髮，歐洲人的五官，外表看起來是二十多歲後半，長相眉清目秀的男子。

暗綠色的眼睛，深邃地讓人感覺深不見底。

男子帶著一抹淺笑，向我們打招呼：

「幸會，『燚誠之赤龍帝』隊的各位。我是『天界的王牌』隊的教練——魯迪格．羅森克魯茲。今後請多關照。」

——魯迪格．羅森克魯茲！

……從人類轉生為惡魔，在冥界以及排名遊戲業界創下無數傳說的人物！身為最上級惡魔，在遊戲當中的成績也一直名列前茅——維持在第七名的位置。

沒錯，而且……這個人就是杜利歐他們的教練！得知這件事的時候，我還打從心底大吃一驚呢。不過，冥界媒體的反應比我還大就是了。

這個人是我們和塞拉歐格那場比賽的裁判，也算是照顧過我。

……更重要的，他也是我視為目標的轉生惡魔之一。

我站了起來，向他打招呼，並且為了之前的事情道謝。

「幸會，我是『燚誠之赤龍』隊的『國王』，兵藤一誠。之前承蒙您擔任裁判，真的非常感謝。」

魯迪格舉起一隻手表示「不，光是讓我看到一場精采的比賽我就滿足了」作為回應。

原本坐在杜利歐旁邊的迪特漢站了起來，讓出座位。大概是想讓魯迪格……讓教練坐在身為隊長的杜利歐旁邊吧。

魯迪格對迪特漢道了聲謝，然後在我斜對面的座位坐了下來。

——我強烈感受到他的氣場非凡。無論是走是坐，姿態都美麗如畫。而且全身上下都散發出威嚴。

我見過許多原本是人類的轉生惡魔，但他身上的氛圍和之前遇見的每個人都不同——

蕾維兒直接切入核心問道：

「沒想到，魯迪格大人會擔任這支隊伍的教練……」

蕾維兒將冥界媒體的意見直接說了出口。正如她所說，對於冥界的惡魔而言，強者魯迪格·羅森克魯茲本人竟然不登記參賽，而是以教練的身分參加大賽！——這件事至今依然是大會的焦點。

對此，魯迪格輕輕笑了一下。

「呵呵呵，該怎麼說呢，應該算是巧合，或者說是不可思議的緣分吧。他們和我的『目標』一致，所以才在這次大會中合作。總之，無論如何，還請手下留情——兵藤一誠。」

我崇拜的人隔著桌子要求和我握手！為了避免失禮，我立刻伸出手回應。

「不、不敢當，我們才要請各位多多指教！」

魯迪格只是露出爽朗的微笑。

「別那麼僵硬。要和你們對戰的是杜利歐他們。」

杜利歐也笑著說：

「是啊是啊，一誠老大真是的，心思都放在魯迪格教練身上，我都覺得有點心寒了。」

哎呀～～遇見轉生惡魔當中的活傳奇，注意力難免會往那邊跑嘛！而且又是敵隊的教練，就算不是冥界的媒體也會好奇到受不了吧。

為了讓現場的氣氛回到魯迪格教練到達之前的感覺，蕾維兒站了起來。

「好了，這樣大家都打過招呼了，不如來些新的茶點吧。我烤了蛋糕。還有，也該泡新的茶了。」

伊莉娜因應她的發言，悄悄站了起來。

「我去樓下端茶和蛋糕！」

說著，她便離開房間下樓去了。

魯迪格一一確認我們「燚誠之赤龍帝」隊的每一張臉孔。

忽然間──他的視線停在維娜身上。

魯迪格問：

「……那位戴面具的小姐，是維娜．雷斯桑對吧？」

「是的，請多指教。」

「……彼此彼此。妳的戰鬥表現相當亮眼，之前參加過排名遊戲嗎？只是……隱約可以感覺到是在『不同規則之下』的經驗就是了。」

「這個我就不置可否了。」

……雖然對話很短暫，但這應該是在試探我們吧。應該說，他該不會是看了維娜的戰鬥，隱約察覺到什麼了……？

表面上，蕾維兒的表情並沒有什麼變化，但是坐在她身旁的我感覺得到，她多了幾分緊張的感覺。

……她大概是覺得，對方正在探查我們的情報，而且正在看我們會做何反應吧。

忽然，魯迪格察覺到愛西亞的變化，便開口問：

「哎呀，愛西亞‧阿基多的臉色好像不太好呢。」

「……啊，不好意思。因為，我最近有很多心事。」

為了替愛西亞說明，我試圖插話：

「啊，這個嘛，愛西亞是──」

然而，魯迪格卻打斷我的說明，這麼說了下去：

「擔任社團活動的社長的妳，現在正是最難熬的時期吧。愛西亞‧阿基多，這種時候不需要客氣，有問題就該問前任社長或是其他前輩。擔任這種職責的時候一個人悶著不會有什麼好事。」

「好、好的。」

愛西亞如此回應……

…………不過，對方好像把我們這邊的狀況調查得很清楚呢……！

蕾維兒說：

「……您好像很清楚愛西亞小姐的狀況呢。」

魯迪格臉上依舊帶著爽朗的笑容。

「因為是敵隊的選手嘛。」

「…………原來如此。」

蕾維兒也盡力帶著微笑回應……不過神經好像很緊繃的樣子。

之後我們又稍微閒聊了一下。魯迪格始終維持紳士風範，爽朗地和我們對話。

這時，伊莉娜用餐車推著新的紅茶和蛋糕回來了。

「蛋糕和新的紅茶來了～」

伊莉娜一面將蛋糕端到客人面前一面這麼說。

「幫忙切蛋糕的是愛爾梅——」

「伊莉娜小姐！也、也讓我幫忙吧！」

蕾維兒打斷了伊莉娜的發言，幫忙倒紅茶。

之後沒有發生什麼特別的事情，這天的見面會順利結束了……

只是，在結束之後，蕾維兒只對我說：

「……不好意思，我剛才的態度有點可疑。但是，我還不想讓魯迪格大人知道愛爾梅希爾德小姐和我們在一起。」

她是在說伊莉娜端蛋糕的時候吧。伊莉娜原本差點說出愛爾梅希爾德的名字，而蕾維兒認為這樣不妥。

蕾維兒表示：

「魯迪格大人好像對愛西亞小姐的事情調查得很清楚。理所當然的，他大概也鉅細靡遺地調查了所有的隊員吧。」

「……妳是故意隱瞞愛爾梅希爾德的事情對吧？」

蕾維兒點了點頭。

……這就表示，她有打算讓愛爾梅希爾德入隊。正因為這樣，她才隱瞞愛爾梅希爾德的情報，不讓對方知道。

蕾維兒一臉緊繃地表示：

「戰鬥已經開始了，一誠先生。那位大人之所以來到這裡，是為了進行最終確認——是來親眼觀察我們的神情、態度、生活、氣氛、氛圍的吧。」

意思是說，魯迪格是來親身感受我們在這個家的狀況嗎……

「……真是太可怕了。」

「那位大人可是能夠爬到第七名，擠身上位的選手。人家說，魯迪格・羅森克魯茲大人連對手的精神都能夠擊破，將死全局。心靈被那位大人粉碎的前七十二柱上位惡魔，可謂不計其數。」

之前維娜提到的那支隊伍——那位選手正是魯迪格。

……沒錯，我們即將對戰的，就是杜利歐所率領的「天界的王牌」隊，該隊的教練更是最上級惡魔，職業排名遊戲選手第七名——魯迪格・羅森克魯茲。

—○●○—

當天晚上——

莉雅絲和朱乃學姊，還有其他和她們一起參加大會的吉蒙里眷屬們，似乎各有各的事情，會比較晚回來，所以今晚我沒有辦法和莉雅絲一起睡。

應該說，自從大會開始之後，莉雅絲便時常帶著朱乃學姊不知道到哪裡去。她不肯告訴我詳情，不過事情好像和大會有關。基於大會的系統，只要申請出賽就會接連排定對戰組合，莉雅絲她們不久之後就有一場比賽，當然會有東西想要事先準備好吧。

……我這邊也是，對上杜利歐他們的下一場比賽固然重要，但是大會當然不止安排這場比賽，既然已經申請了，再下一場比賽、然後再下一場比賽、然後再之後的比賽……就像這樣都已經接連排定了。實際上，對上杜利歐他們的那場比賽的下一場，也是讓我非常在意──應該說，是對我而言意義非常重大的比賽。

不過，雖然分成了兩隊，但是就同屬吉蒙里眷屬這一點而言，我們的凝聚力和感情還是和以前完全沒有兩樣。但是，若侷限在大會來說，我們兩隊又是彼此的競爭對手。有些事情還是得一碼歸一碼。

總之，今晚就和愛西亞一起睡吧……我們的小愛西亞從今天的見面會結束之後，心情就一直很不好的樣子。

或許是因為我色瞇瞇地看著同是修女出身的蜜拉娜，惹她生氣了吧。嗯嗯嗯，我想在睡前告訴愛西亞，她才是我心中最棒的修女！不對不對，應該再次告訴愛西亞，她對我而言是非常重要的人比較好吧？

……可、可是，蜜拉娜也很可愛，又聽說是巨乳……

……不行不行！我甩了甩頭，把「我心目中的美少女修女」從蜜拉娜切換成愛西亞！

總之，我要告訴愛西亞，她在我心目中有多重要！

——我如此調適了心情之後，趁愛西亞去洗澡的時候換上睡衣……這時，忽然有人敲了門。

一個人聲隔著門傳了進來。

『一誠先生，可以打擾一下嗎？』

是蕾維兒的聲音。

啊啊，是睡前的確認吧。或許是想找我商量魯迪格的事情。

「請進。」

我如此回答之後，蕾維兒便開門走進房間。

正當我想著要在睡前好好促膝長談一下的時候，卻因為看見蕾維兒的模樣而大驚失色！

——因為她穿著白色的半透明性感睡衣出現在我面前！

想當然耳，她過於豐滿的胸部也完全呈現在我眼前，尖端部位曝光的程度也非常誇張！

不知道是不是因為害羞，蕾維兒的臉紅到極限，整個人也忸忸怩怩的。她把頭髮放了下來，嘴唇上還塗了淡淡的口紅。

蕾維兒帶著意志堅定的眼神說：

「既……既然莉雅絲大人和朱乃小姐都不在，就表示您今晚要和愛西亞小姐共度一夜對不對？」

「對、對啊，是這樣沒錯……」

「既、既然一誠先生原本都是三個人一起睡……」

我用力吞了一口口水！平常協助我的工作，冷靜沉著又能幹的經紀人，現在露出這麼害羞的表情，同時又以那種煽情的半透明衣著來到我面前……害我內心湧現了一股衝動！

蕾維兒強忍著害羞的心情，以拔高的聲音說：

「……今、今晚的第三個人，就是我了！我、我也想管理一下一誠先生的夜生活，所以就自告奮勇前來了！」

管、管理夜生活──

……竟有此事，沒想到居然還有能夠如此撼動人心的話語……！她、她到底想要怎麼管理，我完全無法預料！

心意已決的蕾維兒一步又一步地走向我，來到我的面前。

……半透明的性感睡衣已經近在咫尺了！碩大的乳房在我的眼前發揮出壓倒性的存在感！我、我的經紀人，我的「主教」真的擁有一對很讚的胸部呢！

蕾維兒以顫抖的手抓住我的右手──然後往自己的右胸拉了過去～～～～！

我的手體會著軟溜的極致觸感，同時逐漸埋進豐滿的胸部裡！多麼豐盈的肉感！而且柔軟！我感覺到自己正在面臨無比幸福的一刻，彷彿五根指頭全部都在滿懷感激地讚嘆！

這、這讓我再次認知到，如此豐滿的乳房隨時都在我的身邊！

蕾維兒抬頭以苦悶的眼神看著我。

「……潔諾薇亞小姐她們問我們是不是在辦公室的倉庫裡做苟且之事的時候……明知逾矩，我還是冒出『對喔，利用那個地方的話，或許就可以即刻因應一誠先生的不時之需了』這種想法。」

「不、不時之需……？」

「我、我的身心都已經是我的『國王』一誠先生的東西了。無論是在勤務方面……或、或是在其他方面，即刻因應您的需求都是我的職責……在、在您想要摸女性的胸、胸部的時候，能夠隨時供應……我想這也是我的職責……」

…………一道血流自然在我的鼻子下方形成。

……這、這個女孩在說什麼啊啊啊啊啊啊啊啊！說、說出這種話來，不就表示在工作告一段落之後可以……

「呼──我想休息一下，順便揉一下胸部耶～～蕾維兒，可以嗎？」

「好的，樂意之至！」

──這豈不是要我妄想這種情境嗎！

不、不對，以「國王」的立場而言要這麼做也OK是沒錯！以情境而言確實是棒透了沒錯，但是在工作的時候揉胸部，再怎麼說也…………

……也、也沒什麼問題的樣子……？

……後宮王做這種事情是不是沒問題啊！可惡！這種時候如果阿撒塞勒老師在的話，我就可以得到最適切的建議了！老師，快打倒666回來吧！回來幫我解決這個疑問啊——！

莉雅絲和朱乃學姊兩位大姊姊不在——這種日子的晚上，兵藤家——我的房間就會像這樣發生非比尋常的狀況！

平常，我都和莉雅絲還有愛西亞三個人一起就寢。但是，一旦莉雅絲不在，住在一起的女生之間的制衡關係好像就會隨之瓦解，出乎意料的訪客就會像這樣出現在我面前。

這種時候多半都是朱乃學姊會在不知不覺間鑽到我的床上，但是就連朱乃學姊也不在的時候……就會像這樣，發生無法預期的事情啊啊啊啊啊！

我一邊摸蕾維兒的胸部，一邊認真思考今後該怎麼工作！就、就在這個時候，我感覺到有人走進房間！

我看了過去——發現是剛洗好澡回來的愛西亞！

「……一誠先生？……和……蕾維兒小姐？」

一如往常穿著睡衣的愛西亞，來回看著我和蕾維兒——也就是不住抓揉蕾維兒的胸部的我，和身穿透明性感睡衣的蕾維兒！

「愛、愛西亞！這、這個是那個……！」

我忍不住想找藉口解釋——然而在這個關鍵時刻蕾維兒非但沒有放開我，反而拋開平常低調地撒嬌的作風，撲上來摟住了我！

「愛西亞小姐，我原本正打算不顧禮節先和一誠先生就寢。今晚我想要管理一下一誠先生的夜生活……」

蕾維兒軟溜的柔嫩女體緊緊貼著我的身體……！

愛西亞手上的浴巾掉到地板上，手足無措了起來。

「……先就寢？管、管理夜生活……？一誠先生和蕾維兒小姐之間有這樣的約定……？我、我都沒聽說……」

那當然了，我也沒聽說啊！事情就這麼突然發生了！

就在我也不知道該說什麼才好的時候！

——房間的燈突然熄滅了！瞬間，我感覺到有兩個氣息在房間裡到處高速移動！

那兩個氣息以肉眼無法捕捉的速度將我和蕾維兒還有愛西亞往床上拉了過去！

在黑暗當中，我看清了那兩個氣息——那兩個人是何方神聖。

——是潔諾薇亞和伊莉娜！

真、真是夠了！這兩個傢伙是怎樣啦，把房間弄暗之後還用動作擾亂，又不是間諜或忍者！

因為我是惡魔，在黑暗當中還是看得很清楚。我和蕾維兒加上愛西亞，三個人被擠到大床的中央，而潔諾薇亞和伊莉娜分別占據了左右兩側，包夾住我們。

潔諾薇亞把臉貼得超級近，就這麼問我：

「一誠，今天的見面會，你從途中開始就一直盯著那個修女的胸部對吧？」

從背後探頭到我肩上的伊莉娜也跟著附和道：

「對啊對啊！達令的視線可逃不過我們的法眼！」

她們是在說蜜拉娜吧。這兩個傢伙也和愛西亞一樣，很介意我的舉動嗎……

「這、這個……我也無可奈何啊！杜利歐都那樣強力推銷了，視線當然會飄過去嘛！」

雖然沒有親眼目睹，但她那生澀的反應和據說就藏在修女服底下的巨乳就足以讓我妄想個沒完，害我看得目不轉睛也是真的！

潔諾薇亞牽起我的手，放在自己的胸部上，不甘心地說！

「唔……我對胸部的大小還有點自信……但是要跟蜜拉娜．沙塔洛瓦比的話再怎麼樣也贏不了嗎……！」

妳這個傢伙！這樣一副心有不甘的樣子做出那種事情來……！我也只能說謝謝招待了

啊！潔諾薇亞的乳房那健康的彈性和極致的觸感讓我的腦袋開始沸騰！

在我的意識集中到潔諾薇亞的乳房摸起來是什麼感覺的時候，她問我：

「更重要的是，你應該有話要對愛西亞說吧？」

感覺到視線的我，在我身旁的愛西亞面面相覷。

「…………」

愛西亞本人一臉不開心地鼓起臉頰。

「不、不是啦，愛西亞，我、我……」

「……我、我原本也是修女。」

「嗯，這個我知道。」

「……誰教一誠先生喜歡的是像莉雅絲姊姊那麼大的胸部。」

要、要是否認了這點我就不再是我了，所以無論如何我都得承認，然而——

愛西亞露出一臉毅然決然，下定了決心的表情之後，豪邁地脫掉睡衣，變回初生嬰孩般一絲不掛的模樣！

儘管滿臉通紅，愛西亞依然鼓起勇氣，牽起我的雙手——然後貼在自己的雙乳上——！

我的雙手得到軟溜軟溜的極致觸感！——同時我赫然驚覺到一件事！

……我感覺到的肉感已經豐厚到無法一手掌握了……！

不時就在摸愛西亞胸部的我在這個時候總算切身體會到。

——愛西亞的胸部，確實還在變大！

……當然，現在還不到莉雅絲和朱乃學姊那個程度，不過乳房的尺寸也已經快要追到潔諾薇亞跟伊莉娜的等級了……！揉、揉起來的手感，彈力和飽滿度，都已經不是一年前比得上的水準了……！

——比起我們剛認識的時候，愛西亞的胸部尺寸已經有所成長了！

愛西亞的臉紅到不能再紅，以強烈的語氣說：

「我、我也有所成長！絕、絕對會長到和潔諾薇亞同學還有伊莉娜同學相當的程度……不，一定會長到超越蕾維兒小姐的大小！不對，我要成為足以超越一誠先生心目中的蜜拉娜小姐的波霸修女！」

——！

…………愛西亞毫不退縮地強烈宣言。

……平常那個怯生生地淚眼哀叫，老是被莉雅絲和朱乃學姊壓得死死的愛西亞，居然會……

儘管有潔諾薇亞和伊莉娜在協助她，但是她已經能夠做出這種宣言了！潔諾薇亞和伊莉娜看見這個狀況，也感動落淚。

「……沒錯，這樣就對了，愛西亞。」

「嗚嗚，我們還一起試過各種豐胸方法呢！順便告訴你，達令，雖然只有一點點，不過我也得到成果了！」

伊莉娜還如此補充說明……

蕾維兒也感受到莫名的感動，不住點頭。

「惡魔和人類不同，即使在成年之後也能夠讓自己的身體成長。成長的理由有很多，像是魔力等等……而這個狀況或許是因為愛西亞小姐的心意，讓轉生後的身體有所成長。」

對啊，我之前也聽說過，惡魔在長大成人之後胸部還是會成長。愛西亞或許就是在實踐那個狀況，又或者是本來就在成長。也有可能是雙管齊下，逐漸走上最強之道——

就像這樣，我一邊感動地想著這些，一邊享受著愛西亞的雙峰……哎呀——把臉埋進這對胸部裡睡覺也很不錯吧——我開始這麼覺得。

大概是因為我摸愛西亞柔軟的胸部摸得太享受了吧，潔諾薇亞和伊莉娜回過神來，如此抗議。

「等一下！你打算專攻愛西亞的胸部嗎！我今天可是下定決心一定要和你度過一整夜才來這裡的耶！」

「就是說啊！達令，要是在這裡不行，今晚就到那個房間去，睡在我的胸部上吧！」

而蕾維兒也參加了這個戰局！

「不行！今晚已經決定由我管理了！潔諾薇亞小姐和伊莉娜小姐請回自己的房間去！」

正當她們三個互不相讓地主張著自己的權利時，愛西亞嬌喘了一聲。

「……啊呼……一誠先生，再、再這樣揉下去……」

她開始扭來扭去，似乎是在我的揉捏之下開始進入難以言喻的狀態了！感覺都快要無法回頭了！

正當我思索著接下來該怎麼辦，是應該在這裡睡，還是照伊莉娜說的在那個情色房間睡——但就在這個問題都還沒有定案的時候，又有人出現在這個房間裡面了。

「……真是的，你們到底在做什麼啊……」

出現在眼前的，是剛回到家的莉雅絲。她看著這幅光景，似乎也只能嘆氣了。

Life.2 龍以類聚

隔天，我因為到冥界辦事，順便來到了阿傑卡陛下的研究設施，以專用的通訊器材和人在隔離結界領域當中的阿撒塞勒老師聯絡。

……結果，昨天晚上除了愛西亞、潔諾薇亞、伊莉娜、蕾維兒之外，莉雅絲和朱乃學姊也加入戰局，最後是七個人一起睡……一如以往，我又被潔諾薇亞踢飛，到頭來早上還是在床下醒來。

好了，由於這次通訊隔了很久，我把這段時間內發生過的事情都一一向待在隔離結界領域當中的大人物們報告。

「大概就像這樣，目前為止我們還保持連勝。」

聽了我的報告，出現在巨大螢幕上的瑟傑克斯陛下開朗地表示：

『真是可喜可賀！莉雅絲好像也都打贏，真是太令我高興了！這樣我討伐666起來也比較帶勁呢！』

——陛下一邊這麼說，一邊隨手發出超誇張的毀滅魔力……而挨了那麼強力的攻擊還是不會倒下，更讓人深切感受到666果然是超乎尋常的怪物。

這次換利維坦陛下出現在影像當中，對我如此要求：

『多講一點小蒼那的事情給我聽！不然我搞不好會被666吃掉喔！』

嘴上這麼說，利維坦陛下卻接連射出巨型冰塊……這樣看來暫時是不需要擔心陛下被吃掉了，我連想像那一幕都有困難。

而阿撒塞勒老師在一旁一邊嘆氣一邊說：

『真是的，這兩個傢伙有夠吵的……』

面對這個狀況，我也只能苦笑……

忽然，阿撒塞勒隔著螢幕看見我的表情，似乎察覺到什麼。

『瞧你一臉非常煩惱的樣子。是在想遊戲的事情嗎？還是「國王」的工作不太順利？』

——！

……老師果然厲害，一眼就看穿了我的心事。

「……兩者皆是。」

我老實地這麼回答。

老師說了聲「原來如此」，點了點頭，同時又這麼問我。

『吶，一誠——你在變成惡魔之後，有沒有打從心底享受過戰鬥啊？』

…………

…………

……我沒有辦法立刻回答這個問題。不如說，我心中幾乎不曾有過這樣的想法，這甚至讓我的思緒瞬間停止，腦袋一片空白。

……享受……戰鬥？……我是經歷過令我感動的戰鬥。也體會過足以改變生存之道，令人高興的勝戰。

可是，那種經驗並不多，一路走來，我覺得自己一直都是抱持著「非贏不可」的急切心情在戰鬥。

畢竟我所遇到的狀況，大部分都是我或是夥伴們陷入危機，為此而和前來破壞我們日常生活的襲擊者戰鬥。

那應該是瓦利的守備範圍才對吧。我的宿敵最喜歡享受戰鬥了。

「……好像沒有。每次我都很緊繃，應該說對手全都比我厲害，光是要活到最後就已經很拚命了。之前又都是在莉雅絲面前戰鬥，想讓她獲勝的心情也很強烈。」

聽見我最直接的心情，阿撒塞勒老師像是在肯定我的發言似的點了好幾次頭，然後對我這麼說：

『不過，你現在參加的雖然是認真的戰鬥——卻也是競賽。或許也要和許多比你強的對手戰鬥，但始終是「遊戲」。而且，那個「遊戲」的名稱是排名遊戲，對於惡魔——乃至於冥界的一分子而言，都是相當重要的因素。既然你也已經成為上級惡魔了，就無法忽略這個因素，你自己今後想必也得逐步正式加入其中。』

沒錯，參加排名遊戲職業賽的目標原本在無限遙遠之處，現在因為升格為上級惡魔，通往目標的道路也開始清晰可見，漸漸不再是痴人說夢了。

一路戰鬥至今的結果，讓我站上了一個想對排名遊戲視若無睹也辦不到的立場……不過，我打從一開始就沒有打算視若無睹就是了。

老師接著又這麼說：

『之前通話的時候我應該也這麼告訴過你，要你盡情享受，盡情煩惱。無論是戀愛還是學校、日常生活，都會有享樂的時候，也會有煩惱的時候。排名遊戲——比賽也是一樣的道理。』

阿撒塞勒老師指著自己的頭表示：

『惡魔的肉體不會老化，但是精神另當別論。雖然你是轉生惡魔，也不保證心靈就可以一直常保年輕喔。既然如此，就該趁還年輕的時候盡情煩惱，享受青春。有些事情只有小屁孩才能夠體驗。你們還年輕，或許不太懂，但是上了年紀之後，就會覺得年輕時候的經驗雖然想來苦澀，卻又給人崇高之感。』

——！

……只有小屁孩才能體驗的事情啊。惡魔的生命號稱一萬年，甚至永恆，真不知道到幾歲為止算是年輕時期。只活了十八年的我根本無法想像。

——但是，我也漠然地想著，最能夠稱為青春期的大概就只有高中時期吧。

既然如此，我現在正在經歷的各種事件、情緒——對於未來的我而言，這一切的一切都將成為寶貴的經驗。

一萬年後的我，對於高中時代的這些經驗，會有什麼感受呢？也有可能會因為年代過於久遠而遺忘就是了……

因為太過遙遠，我完全無法想像，只能笑了。

——這時，米迦勒先生出現在影像當中，露出最燦爛的笑容說：

『啊，你是指閃光與暗黑之龍絕劍(blazer shining or darkness blade)嗎？哎呀——好懷念啊。那個時候的你，眼睛裡面充滿了閃亮亮的神采。而且還老是一邊擺著奇怪的姿勢，一邊靠在牆上嘀咕著一些奇怪的事情呢。』

阿撒塞勒老師頓時暴怒，開口向米迦勒先生抗議道：

『吵死了米迦勒！你為什麼老是喜歡戳我這一點啊！你從古早以前個性就很差耶！』

然而，利維坦陛下沒有理會他們兩位的互動，開始回憶往事。

『沒錯沒錯，要把握機會好好青春一下喔！讓我回想起小瑟傑克斯和小葛瑞菲雅分處敵我兩方，因為愛而陷入兩難，苦惱不已的那個時候……真是美好啊！』

進入少女模式的利維坦陛下如此回想，讓瑟傑克斯陛下（毀滅型態）舉手摸了摸自己的頭，同時不好意思地說：

『哈哈哈，其實我是一抓到機會就跑去見她。那個時候我的心裡只有她呢。』

……他們幾位聊得也太和平了，一點也不像在打邪龍戰役的後續戰鬥。不過，另一方面，影像當中到處傳出爆炸的巨響，而且不時有質量大到我從來不曾見過的攻擊到處飛來飛去就是了！

阿撒塞勒老師順了順呼吸，如此總結：

『總之，這邊大概就像這樣，時間也差不多了。一誠，不然這樣好了，你試試看去找平常不會找的人商量吧。意外的問答說不定可以讓你的思緒煥然一新喔。不過也有可能反而增加你的煩惱就是了。』

……平常不會找的人？嗯——該找誰啊？

……讓思緒煥然一新啊。

阿撒塞勒老師的意見一直留在我耳邊，所以我決定立刻實踐。

如此這般，又隔了一天，我來到位於隔壁縣的某個碼頭。我在堤防上釣魚，順便調適心情。

我不是自己一個人來。我還約了兩個人。

「沒想到，你竟然會主動找我啊。」

在我的左邊一邊這麼說，一邊垂釣的——是瓦利。

沒錯，第一個人就是這個傢伙。

我一邊捲動捲線器一邊說：

「這個嘛——一時興起啦。木場和塞拉歐格的比賽都快到了，總不能找他們吧。」

木場——莉雅絲的隊伍在今天的不久之後就要開戰，塞拉歐格對曹操的精采比賽，也安排在我的隊伍和杜利歐的隊伍對戰之後不久。也就是說，和我合得來的同性友人，這次都沒有辦法來釣魚。

至於我找來的另外一個人——

在我的右邊握著釣竿的是——

「……就算是這樣，我們三個人湊在一起也很奇怪吧，兵藤……二天龍加我是怎樣。」

是匙！他正好有事來我家，於是我就逮住他說「我要去釣魚，有話到現場再說」，硬是把他拖來。

看來，他對於和我們一起來的瓦利好像在意到不行的樣子。這麼說來，我們三個人好像是第一次一起聊天呢。

「哈哈哈，匙應該也不討厭瓦利才對吧？」

我這麼一問，匙便斜眼看向瓦利。

「不討厭是不討厭……可是也不知道該怎麼跟他相處啊……嘟嘟噥噥……」

他嘀嘀咕咕的不知道在說什麼。

瓦利釣起一條魚之後說：

「既然是五大龍王，又何必妄自菲薄呢，匙元士郎？」

「哎呀，你知道我的名字啊？」

「姑且知道。」

「姑且知道是吧……」

瓦利和匙夾著我如此對話，感覺好像還是有種獨特的隔閡在。

匙嘆了口氣之後表示：

「其實……我原本是來對兵藤宣戰的，沒想到卻被抓來釣魚。而且連白龍皇都跟來了，更是出乎我的預料啊！」

別這麼說嘛。誰教匙剛好在我決定約瓦利去釣魚的時候來。既然如此，我當然會連這個傢伙一起叫來啊。

我們三個靜靜釣著魚……然而，我和匙之間的氣氛也變得很微妙。

這和匙來找我「宣戰」有關。

大概是切身感覺到這一點了吧，瓦利冷笑了一聲，開口說：

「這麼說來，之後的對戰組合也決定了呢。沒想到兵藤一誠的隊伍會和西迪眷屬對上。就在你們和杜利歐．傑蘇阿爾多的隊伍的比賽之後對吧？」

——正如他所說，我們的隊伍和西迪隊，不久之後就要碰上了！

沒錯，這場比賽就在我們和杜利歐的隊伍對戰之後，是我也認為事關重大的一場比賽。

為了洗雪從去年就一直留在心中的悔恨，以及想要再次挑戰他們的欲求，讓我一直很想找機會和他們再打一場，而這次即將在大會之中實現了。

沒想到我居然能夠再次和蒼那學姊——和匙交戰。沒想到，我這麼快就可以得到雪恥的機會……！

那場比賽是吉蒙里獲得勝利，但是對我而言——卻是飽嘗遺憾與悔恨的一戰。因為，那是我學會禁手(balance breaker)之後沒多久的遊戲，我卻在比賽當中慘遭淘汰。

在對抗萊薩的遊戲當中，我詛咒自己的無力而後悔不已；在那之後的那場比賽，我原本是為了抹去之前的負面經驗而戰……結果卻是那樣。

——我完全著了蒼那學姊和匙的道。

正因為如此，我打從心底感謝這次機緣。這次或許有機會雪恥。不對，這個能夠雪恥的對戰組合，教我怎麼可能不熱血沸騰！

在瓦利的發言之後，我和匙都散發出難以言喻的壓力。

我以點頭回應瓦利的話語。

「是啊，就在下一場和杜利歐的比賽之後。」

匙也是一臉幹勁十足的樣子——但是立刻轉為苦笑。

「我去你家的時候，可是鼓足了氣勢呢。然而在大聲說『我不會輸給你的！』如此宣戰之後換來的卻是一句『要不要去釣魚？』……害我整個步調都被打亂了……」

……這麼說也是啦。誰教這個傢伙在我滿心想著要去釣魚的時候跑來。

「不，你對我宣戰的時候我也是熱血沸騰。但是事情一碼歸一碼，我都和瓦利約好了，才想說順便也把你帶來。」

聽我這麼說，匙蹲了下去，發出難以形容的聲音。

「……是啦是啦，隨口應說『也好』就跟來的我也有問題啦……」

沒錯沒錯，匙的配合度還真高。

我回應了匙之前的宣戰。

「無論如何，這次是我會贏。」

對此，匙立刻站起來對我回嘴：

「不，是我會贏！去年的遊戲中我根本不覺得有贏過你。所以我、我們，會全力擊潰兵藤，還有你的隊伍！遊戲中會發生什麼事情是未知數，我相信主人——蒼那會長的力量！」

「你還叫她『會長』啊。」

我這麼問他。在潔諾薇亞成為新會長之後，匙似乎還是稱呼主人為「會長」。

匙一邊害臊地抓臉頰一邊說：

「我想過很多，但是對我而言『會長』十分特別，我心中的『會長』就只有那位會長而已。所以，叫『會長』就可以了。至少在我高中畢業之前都會這麼叫。並不是我不承認潔諾薇亞同學當會長喔。潔諾薇亞同學是很出色的學生會長。我也想好好輔助她。可是，我的主人就是蒼那『會長』。」

「很好啊，我覺得這樣很不錯喔。還有，潔諾薇亞就拜託你照顧了。畢竟她現在是我的眷屬。」

聽我這麼說，匙捶了一下自己的胸口，自信滿滿地說：

「這個包在我身上。我會全力支援她的——不過，比賽還是我們會贏。」

「不，是我們會贏。」

這次我一定要贏。我就是為了贏才會得到這個機會，絕對不能錯過！

我要打贏杜利歐，也要打贏匙！

對此，瓦利則是聳了聳肩說：

「哼，而我則是會贏過你們雙方吧。」

喔喔，這可真像是瓦利會說的話呢。只是，我不知道他在這種時候的發言到底是在說笑，還是認真的。最近我和這個傢伙進行日常對話的機會變多了，但多半還是無法捉摸他真正的意圖。

順道一提，我們三個人的所屬隊伍在大會的成績，我的隊伍目前是全勝，瓦利也輕鬆保持全勝，西迪和神級隊伍打過一場輸了，但除此之外都獲得勝利。我的同期都以相當不錯的成績在大會中過關斬將呢。

忽然，瓦利向我問道：

「所以說，你為什麼約我出來釣魚？」

啊——對喔對喔。我是被阿撒塞勒老師昨天晚上那句話所感化，才約了他。

我立刻問瓦利：

「你覺得戰鬥快樂嗎？快樂的戰鬥是什麼？」

——我這麼問。我將老師問我的問題，丟給了最喜歡戰鬥的這個傢伙。

瓦利先表示「事到如今才來談論我的想法也無濟於事吧」，然後這麼答道：

「的確，你在戰鬥的時候大概沒有享受到樂趣吧。不過，你在對抗塞拉歐格．巴力的時候，應該有很充實的感覺才對。」

對抗塞拉歐格的那場戰鬥啊。那個時候——我學到很多，得到很多收穫，再也沒有哪一場比賽比當時的勝利更讓我有成就感了。實際上，我也是在那個時候獲得了變成鮮紅色鎧甲的能力。

「是啊，那種互毆戰也不是經常有機會能夠體驗的。那次讓我學到很多。」

但如果要問我那是不是快樂的比賽……又很難說。看著夥伴們一一倒下，我既不甘心，又難過，情緒非常混亂也是事實，一心只想著「非得讓莉雅絲獲勝不可！」而拚命戰鬥。

那場比賽的內容並沒有輕鬆到能夠讓我隨口說出「哎呀～～當時好開心啊」這種話來。

「你和塞拉歐格．巴力見過面了嗎？」

瓦利這麼問。

「……還沒見到面。距離我們和杜利歐他們的比賽還有點時間，我會去見他一面。而且我也想幫他加油。」

之後我肯定會去見他。我也想在比賽前見塞拉歐格一面。

瓦利說：

「你的比賽先打是吧。呵，站在觀戰者的角度來說，這可是千載難逢的對戰組合。」

匙一臉認真地說：

「……塞拉歐格老大會贏的。」

匙也和我一樣尊敬塞拉歐格呢。

我也點頭附和他。

「是啊。我也這麼覺得。」

瓦利繼續說了下去：

「這要看曹操研究塞拉歐格．巴力到什麼程度吧。即使是曹操，正面中了那個獅子王一拳也不可能全身而退。問題就在——」

「曹操會怎麼針對這一點了……是吧。這個嘛……他應該還是靠最擅長的技巧派戰術來鑽漏洞吧。」

聽了我的回應，瓦利也露出苦笑。

「你和我都吃過他那一套的苦頭嘛。」

沒錯，塞拉歐格的對手是曾經讓我和瓦利都陷入苦戰的，最強神滅具的持有者。

……那柄長槍能夠對惡魔造成極大傷害，即使是塞拉歐格，也不可能正面接招……反過來以塞拉歐格的立場而言，感覺也只要打中一拳就可以粉碎曹操。

也就是說，那會是一場雙方的攻擊都能夠一擊必殺的比賽。想必會是緊張刺激到十分駭人的一戰吧。

正當我想著塞拉歐格的時候，匙不經意地開了口：

「……兵藤剛才問的『快樂的戰鬥』，我也覺得一言難盡。我想兵藤大概也一樣，我們『士兵』為了讓主人獲得勝利、為了夥伴、為了讓自己升格，總是拚了命在遊戲中四處奔馳對吧？修練的時候痛苦，比賽的時候煎熬。在比賽中，腦袋裡面的任何一個角落都沒有『快樂』這兩個字。要是輸了哪有臉回去見夥伴、見主人，所以都是懷著必死的決心迎戰。這點在對付那些恐怖分子的時候也一樣，是抱著不惜一死的覺悟在對付敵人。」

……說的沒錯。就像匙說的這樣。我們在相同時期成為「士兵」，參加新生代惡魔的交流排名遊戲，並且迎戰襲擊而至的恐怖分子。

狀況瞬息萬變，光是要跟上就已經費盡全力了……記憶當中根本沒有享受戰鬥的樂趣這回事……

然而，匙又這麼說：

「但是，如果說我心目中有所謂『快樂的戰鬥』的話，那就是去年我們和吉蒙里隊的那一戰，我們的戰鬥表現獲得賞識，受到高層們讚美的那一次了吧。蒼那會長也喜極而泣。那次至少讓我感覺到非常光榮。我很開心。換句話說，有成就感的比賽，對我而言大概就算是快樂的吧。」

……原來如此，有成就感的比賽啊。如果把這個觀點套用在我身上的話，我們和塞拉歐格那場比賽，應該就算是有成就感的比賽了吧……但要問我那是不是「快樂的比賽」的話，嗯——又很難說。

我和匙對於「快樂的比賽」的感覺大概也有差距吧……

如此一來，我的疑問變得越來越混亂了……害我開始覺得，戰鬥其實根本就不是一件快樂的事情吧。

我正打算再問瓦利一次，就在這個時候——

「釣得如何啊？」

忽然有人對我們搭話。我轉過頭去，看見兩個男人站在那裡。

一個是北歐人長相，年約二十出頭的男人。他又瘦又高，一身筆挺的白西裝在他身上十分相稱。頭髮是白金色，眼睛是金色。臉上有點鬍渣，是個型男，但是給人的感覺又非常輕佻。

另一個男人則是一頭黑色捲髮，帶著正氣凜然的神情，眼睛是罕見的橘色，服裝是纏在身上的布匹……好像叫作希頓吧？就是古代希臘人的穿著。

……兩人無聲無息地走到我們附近來……不出所料，他們兩個身上都散發出神聖的氣焰！

更重要的是，我認得他們兩個的長相。應該說，我對於他們兩個突然登場而驚訝不已！我在大會的比賽轉播和相關節目當中看過他們兩個好幾次！

瓦利對著白金色頭髮的型男嘆了口氣說：

「……是維達啊。你跑到這種地方來沒問題嗎？」

聽瓦利這麼說，名喚維達的白金色頭髮男子便哈哈大笑。

「喂喂，名義上我好歹也是你哥，你對待哥哥是這種態度嗎？真是一點也不可愛。算了，對我那個老爸而言，你大概就是這一點投其所好吧。」

沒錯，這位型男就是北歐神話的繼任主神維達！那個奧丁老爺爺的親生兒子！

維達舉起手，向我和匙打招呼。

「我是——維達。阿斯嘉的主神奧丁之子。然後，現在則是繼任的主神——不過，這你們應該知道了吧。」

老爺爺收了瓦利當養子，所以維達名義上是他的哥哥。

接著捲髮男子也打了招呼。

「同樣的，我是阿波羅。代替奧林帕斯主神宙斯成為新主神。」

——奧林帕斯的次世代主神！阿波羅！

他的長相我也認得……只是兩個超級重要人物突然登場，害我和匙都大驚失色，驚慌失措！

匙以顫抖的聲音說：

「……啊哇哇，維達！阿波羅！傳、傳說中的神明……！」

為了面對兩位大人物依然嚇得合不攏嘴的我和匙，瓦利開始說明道：

「維達是北歐的神祇，也是芬里爾唯一害怕的對象。另外一位阿波羅則是冠上太陽之名的神祇，也是掌管藝能、藝術的光明神。以次世代的主神而言，他們兩位都無從挑剔吧。」

聽了瓦利的發言，維達笑著說：

「白龍皇居然會誇獎我啊，明天是不是要下雪了？總之，我們家的老爸和阿波羅那邊的宙斯大叔，就算將來會回來也得花上一點時間。而且他們好像也在考慮要退休了。老爸說著也是時候了，就安排好把王位讓給了我。」

維德聳著肩繼續說：

「我個人是覺得索爾大哥比較適合接下主神的位子……可惜大哥也去和６６６戰鬥了

……於是，這個責任好像就落到我頭上來了。」

瓦利面對維達，又問了一次：

「所以，你們今天來有什麼事？」

維達走到瓦利身邊，狀似親暱地伸手勾住他的脖子。瓦利一副很厭煩的樣子就是了……

「別對我那麼冷淡嘛，瓦利。我只是來見我沒有血緣的弟弟——還有傳聞中的胸部龍啊。還有個龍王在就是了。」

阿波羅也認同他的發言。

「我們和你們二天龍，之後還得來往很久呢。所以才覺得趁現在先來見你們一面也不會有損失。」

維達放開瓦利，一邊整理衣襟一邊這麼問：

「我們也參加了這次遊戲，你們知道吧？」

正因為如此，我才會知道他們兩位。因為參加大會的神級選手我姑且都先確認過了。特別是有名的選手。

所以，我本來以為要遇見他們也是在遊戲的會場……結果突然就變成這種狀況！這已經可以算是被偷襲了吧。

瓦利答道：

「是啊，應該沒有人不知道吧。但是，奧林帕斯和阿斯嘉的次世代主神在同一隊裡參加遊戲，在部分人士之間似乎視為一大問題。」

這樣確實有問題。兩個神話的次世代主神一起組隊參加國際大會耶。正常來說，以他們的立場應該是觀賞自己的國家派出來參賽的隊伍才對啊！話雖如此，這次大會各勢力都派出主力級選手參賽，狀況變得非常不得了！

而且，還有另一個問題——是有關維達和阿波羅他們參加的那支隊伍。

我第一次看見、聽說的時候，還難以置信地想說「怎麼可能」呢。

維達也提到這件事。

「我們的隊伍，包括我和阿波羅在內，成員都是年輕一輩的神級人物。不過，大將是堤豐就是了。」

沒錯，維達和阿波羅參加的——是以號稱魔物之王的堤豐為「國王」的隊伍！

堤豐在大會的開幕典禮上因為過於巨大而引人矚目，在各勢力當中也被視為出類拔萃的強者。瓦利也承認其實力在所有勢力當中足以躋身前十強。

……這次到底是怎樣啊。帝釋天也好，堤豐也罷，原本不應該出現在檯面上的神話級戰力紛紛跑來參加，搞成了一次大規模的大會。

有些人說，這次大會在某種意義上是諸神間的戰爭呢。

而且帝釋天還讓四天王入隊，堤豐也在隊伍裡面放了眼前的維達和阿波羅，組隊方式亂來到足以破壞比賽的平衡。只會出現在電影當中的那種毀天滅地的現象已經發生過好幾次，每次都盛大地將遊戲領域整個炸爛。

力量強大的神級選手一不受控制，遊戲領域三兩下就會灰飛煙滅。

默認這種隊伍的大會營運團隊也很有問題就是了……儘管如此還是有許多隊伍以優勝為目標，更讓人不知道該說什麼……不過，我和瓦利，還有匙隸屬的西迪隊也是，大家都抱持著即使碰上神級對手也要獲得優勝的心態，所以事到如今也沒資格說這種話就是了。

維達哈哈大笑。

「其實大將給誰當都無所謂，只是堤豐表示他無論如何都想當『國王』，所以我和阿波羅都讓賢了。」

阿波羅則是不斷嘆氣。

「……站在我們希臘神話的立場，能夠和長年以來一直敵對的堤豐議和是很好……但他任性的特質還是一點都沒變。」

諸神的話題實在太過跳躍式了，完全就是天上的對話，我根本跟不上……

這時，阿波羅忽然察覺到我們的反應，話鋒一轉。

「失禮了。維達姑且不論，我是因為有別的事情要告訴你們才過來的。」

說著，阿波羅豎起一根手指表示。

「我要給你們一個忠告——黑帝斯正在圖謀不軌。他的企圖大概有連累到你們的可能性。日後，我會正式以親筆信的方式將這個情報送到各勢力手上。」

「「「——！」」」

對於這個情報，我、瓦利、匙三個人的反應都相當敏銳。

……黑帝斯至今仍然對我們懷有敵意。阿撒塞勒老師到那邊去的時候，也都還在擔心那個骷髏神的野心的危險性。

據說他和邪龍阿佩普有往來，難不成他透過阿佩普，接收了原本由李澤維姆所持有的某種邪惡的武器或道具嗎……？

原本由邪惡之樹保有的資訊、技術，大部分都在各勢力互助合作之下成功回收了，但是有部分東西找不到也是事實……

次世代的主神親自前來告訴我們這個消息，可見有多危險。這讓我滿懷不安。

瓦利也向維達和阿波羅問道：

「我也有一件事情想問兩位。以現狀而言，經歷過邪龍戰役之後，各神話體系當中還有多少高危險性的神啊？在某種程度上，我也對這件事情有所掌握，只是我也想知道神祇層級的見解。」

維達興致盎然地聽著瓦利的問題。

「你的目的……是為了世界和平？還是為了自己的野心……為了得到被容許和神祇戰鬥的狀況呢？」

「後者的比例比較重……不過前者也不是完全沒有。」

聽瓦利老實這麼說，他的義兄笑了。

「哈哈哈，我欣賞你的老實。以義弟而言，這是個很好的答案。好吧，我回答你。以現狀而言，危險性最高的神祇，就是黑帝斯了吧。原本為顯性同樣很高的因陀羅——帝釋天，目前表面上還在參加大會。他想要的優勝獎品大概是和濕婆一戰，只要他還有這個願望，在大會的期間內應該不至於亂來才對。」

當前，我們最應該提防的，是冥府之神黑帝斯啊。

阿波羅這麼表示：

「聽說，因陀羅現在純粹享受著這次大會——更聽說他也期待著和你們戰鬥。事關戰鬥時，那位神就非常老實。他也是因此而令人害怕……不過，只要準備好單純的戰場，因陀羅就會配合。」

……帝釋天也是享受戰鬥之樂的那種類型啊。話雖如此，他的思想和美學大概都和瓦利不一樣吧。

維達也接著說：

「能夠得到實現長年以來的宿願，和濕婆一戰的可能性，他當然會卯足勁，也不會想節外生枝吧。濕婆神在邪龍戰役之後的指揮也相當精采呢。」

……帝釋天也專注在大會上了是吧。也是，大會的優勝獎品是可以實現任何願望，如果能藉此實現和濕婆一戰的宿願的話，專注在大會上才是比較聰明而確實的做法吧。

阿波羅也附和道：

「濕婆在心裡究竟盤算到何種地步也不得而知……但若是考慮到包含我的父親在內的666迎擊組的勇氣，他應該也不至於做出造成世界局勢混亂的事情才對，所以我們奧林帕斯諸神和北歐陣營目前都是靜觀其變。」

兩位次世代主神對濕婆的意見都很正面呢……我見過濕婆一面，他給人的感覺確實很可怕，但看起來不像是那種會胡亂破壞世界的類型。

維達展開雙臂說：

「——總之，黑帝斯的事情大概就像這樣吧。請你們『D×D』小隊嚴加戒備。好，既然都見到義弟和赤龍帝，還順便見了龍王一面，阿波羅，我們就差不多該告辭了吧。」

阿波羅點了點頭。

「嗯。我們確實妨礙到他們釣魚了——對了，還有一件事。」

阿波羅像是臨時想起了什麼似的走到我身邊來，牽起我的手，當面對我說：

「最後，赤龍帝先生，讚揚你的那些歌曲全部都非常優秀。身為掌管藝能的神祇，我無論如何都想告訴你一聲。」

「……這、這樣啊，謝謝稱讚。」

我只能這樣回答！冠以太陽之名的希臘神話次世代主神大人突然對我說「胸部龍」的相關歌曲都超讚的，我也不知道該做何反應啊！這、這樣啊，那些都是連藝能之神都認同的好歌啊……

阿撒塞勒老師、瑟傑克斯陛下、利維坦陛下，你們幾位創作出來的歌曲，就連神明都打動了喔……

我在心中向他們三位訴說心情。

維達在臨別之際說：

「要是在比賽中對上了，我可不會手下留情。因為我也玩得很開心。如果不是這種能大鬧一場的大規模活動，我們大概也無法參加，所以我打算以最大限度好好享受這個機會。」

「就算是義兄，我也不覺得自己會輸給你。」

「我也不會輸的！」

「我會盡量加油。」

——瓦利、我、匙各自如此回應。

維達和阿波羅的來訪結束之後，我們正在稍事休息時，瓦利說：

「維達和阿波羅啊。兵藤一誠，你要好好記住。要繼續活在接下來的時代的話，和各神話的諸神往來的狀況也會變多。其中，維達和阿波羅又是新生代神祉當中的代表人物，今後還會和他們見上好幾次面吧。」

「嗯，我知道了。」

見我如此回答，匙嘆了口氣。

「你們接下來好像得處理很多麻煩的事情呢。幸好寄宿在我身上的是龍王。」

……我也不想要處理那些麻煩事啊，但是既然成為上級惡魔了，就必須接觸這些事情，甚至會有麻煩主動來找我吧。

不過再怎麼說，我也沒有想像到會有兩位次世代主神突襲正在釣魚的我們。

正當我這麼想的時候，我們三個人的通訊器都發出了聲響。

我們各自拿出來確認。

瓦利看著螢幕，露出笑容。

「哎呀，兵藤一誠。我這邊收到很有意思的情報喔。」

「啊，夥伴們也聯絡我了。等等，事情非常不得了啊，兵藤！」

匙也看見情報，大吃一驚。

我也是……確認了郵件之後，驚訝到瞪大了眼睛！

瓦利興高采烈地表示：

「——『莉雅絲．吉蒙里』隊，好像要在即將開始的比賽使用神祕的『士兵』。」

沒錯，蕾維兒傳給我的訊息也是在說這件事！

內容是「莉雅絲小姐將在下一場比賽使用『士兵』！」！

「是啊，我這邊正好也收到消息了。」

……之前一直是個祕密的莉雅絲隊的「士兵」，終於要揭開神祕的面紗了嗎！

瓦利滿心歡喜地笑了。

「如果我的預測沒錯的話……呵呵呵，事情應該會變得很有趣才對。我們就一起去看比賽吧。」

我和匙互看了一眼，接受了瓦利的提議。

—○●○—

我和瓦利、匙三個人不再釣魚，為了觀賞在冥界進行的排名遊戲比賽——莉雅絲的遊戲，而轉移到會場附近。

我們從工作人員用的入口進場，抵達專用的觀戰室，才剛坐下來，比賽就開始了！

莉雅絲隊和敵對的隊伍（由最上級惡魔「國王」所指揮的隊伍）出現在遼闊的海上領域

……而莉雅絲隊這邊搶先衝出去進攻的——是個身穿黑色大衣，相當眼熟的高大男子。髮色是黑色與金色交雜，身上的氣焰也是同樣顏色！

……原、原來是這個傢伙啊！這個傢伙就是莉雅絲的「士兵」！眼前令人為之驚愕的景象讓我說不出話來，只能目不轉睛地緊盯著比賽。

黑大衣男對著越海而來的敵隊選手們伸出手。

……接著手上湧現令人難以置信的氣焰不斷翻騰，經過壓縮再壓縮之後，化為過於濃密的破壞波動！

看見飛向前方的那名男子，主播大喊：

『太驚人了————————！原本籠罩在神祕面紗底下的莉雅絲．吉蒙里隊的「士兵」黑先生的真實身分，沒想到沒想到，竟然是克隆．庫瓦赫！那隻傳奇邪龍，居然以莉雅絲．吉蒙里隊的「士兵」身分參賽，看來這只會是一場不同凡響的比賽了！』

男子——克隆．庫瓦赫，從他向前伸出的那隻手，發出那非比尋常的攻擊！

轉眼間，前方的景色完全籠罩在一陣大爆炸之中，包圍著海上領域的廣大特殊結界受到毀滅性的打擊。克隆·庫瓦赫發出的攻擊，使得景色當中的許多地方——空中和海上都開了好幾個洞，甚至透過洞還能隱約看見次元夾縫。

攻擊甚至使得領域裡的海水洩落到次元夾縫裡去。這次大會不時就有神級選手發出超規格的攻擊，就連包圍著遊戲領域的結界也會遭到破壞……

當然，這次的敵對選手根本無計可施，一口氣被淘汰掉五名。

……這樣啊，莉雅絲的「士兵」……是克隆·庫瓦赫啊……！

一旁的匙也大吃一驚，說不出話來。至於瓦利，他好像有猜到克隆·庫瓦赫會參賽，對於他的登場而欣喜不已。

主播大吼：

『領、領域——消失啦——啊啊啊啊啊啊啊啊啊啊！足以匹敵神的一擊！不對，即使說是在神之上也不為過！因為同樣是龍族，這一擊更令人聯想到兵藤一誠選手那駭人聽聞的砲擊——！』

……論威力的話，我有自信不會輸給他。問題是他可以發出那樣的攻擊多少次，而且是否能夠維持同樣的力量。

德萊格說：

『……克隆．庫瓦赫那個傢伙，是故意炸燬領域的。該不會是被搭檔上次的戰鬥給影響了吧。』

瓦利笑著說：

「呵呵呵，他八成是故意的吧。不知道是克隆．庫瓦赫自己的安排，還是隊長的命令。無論如何，這都是他們雙方意氣相投的結果吧。」

「這是克隆給我下的戰帖吧。」

我這麼說，瓦利便愉快地表示：

「也是為了展現實力給我和其他強者看吧。真是有趣到了極點呢。很好，這樣就對了。這才是這場大會的精髓所在。」

……炸燬領域竟只是一種表演手法啊。

「老實回答我，德萊格——現在的我，有辦法和那個傢伙一戰嗎？」

德萊格這麼回答我的問題。

『可以，龍神化就有辦法和那個傢伙一戰。應該可以戰個平分秋色才對。但是——』

……我知道你想說什麼。

「時間有限的話，根本不值一提是吧……真是的，莉雅絲居然找了一個這麼誇張的傢伙來。」

只憑擬似龍神化，就算我再怎麼努力也無法在限制時間內徹底打倒克隆吧。

德萊格這麼說：

『莉雅絲．吉蒙里是意識著搭檔，才將克隆．庫瓦赫延攬入隊，放在「士兵」的位置吧。當然，在找人的時候肯定還是以對方和加斯帕．弗拉迪的關連性為主軸，不過讓他入隊說是為了對付神級選手和二天龍也無庸置疑。克隆．庫瓦赫本人也是欣然接受吧。對他而言這算是得償所望的配置了。』

克隆．庫瓦赫加入莉雅絲的隊伍的真正目的是什麼我無從得知，但是他們雙方之間肯定有過什麼協商，利害關係一致了吧。

莉雅絲真的很會勸說，大概是邀約克隆的話術相當巧妙吧。她說要組一支能夠發揮神祕學研究社原始成員的力量的隊伍，所以邀約的條件大概也包含具備巴羅爾之力的加斯帕就是了……

具備巴羅爾之力的加斯帕，和最強的邪龍克隆．庫瓦赫，兩者的組合可怕到了極點！

——這時，有人趕到我們這裡來了。

「一誠先生，我們找您找了好久。」

來者以蕾維兒為首，還有愛西亞、潔諾薇亞、伊莉娜、羅絲薇瑟、爆華（迷你龍形態）等人。

「啊，蕾維兒。抱歉，我擅自和這兩個傢伙來看了。」

「不，這個倒是無所謂……問題是——」

蕾維兒的視線緊緊盯著在螢幕當中大鬧的克隆．庫瓦赫。

「是啊，真是的，要怎麼對付那個傢伙啊。」

我只能苦笑，而蕾維兒則是瞇起眼睛表示：

「莉雅絲小姐的隊伍，可不只克隆．庫瓦赫——」

就像是要證實蕾維兒所說似的，莉雅絲隊除了克隆以外的隊員也開始大鬧戰場。

『哎呀——！另外一位也出擊了——！黑色的魔物！據說擁有傳奇魔神巴羅爾之力的加斯帕選手展開了超超廣範圍的黑暗領域——！』

隨著主播的聲音，化為黑色魔獸的加斯帕展開了足以廣範圍覆蓋海面的黑暗，使得敵對選手的攻擊全部融入黑暗當中，同時也輕而易舉地以黑暗吞食了好幾名選手——

接著出現在畫面上的是浮現在海上的一座小島。

在島上的，是神似弗利德的少女——凜特．瑟然和敵對的劍士，正在展開激烈的近戰。由於是最上級惡魔的眷屬，她對付的劍士也相當厲害。凜特．瑟然以亮著光力的劍給了敵隊的劍士一刀，但她也遭到反擊而受創。

凜特．瑟然為了拉開距離而往後方一跳，暫時退開。這時——瓦雷莉現身了。

瓦雷莉從手上拿出一個酒杯——亦即聖杯，裡面冒出滿滿一整杯閃著白光的液體。她將液體撒在凜特・瑟然的患部上——凜特的傷勢就像不曾存在似的消失了！

『哇啊——！瓦雷莉選手治療負傷同伴的能力也令人驚嘆——！』

主播也大讚瓦雷莉的神器能力。

沒錯，這就是新莉雅絲隊的恢復手段！瓦雷莉現在能夠以「幽世聖杯（sephiroth graal）」的應用型為對方恢復。雖然速度不及愛西亞，但比賽中有恢復手段還是很重要。

凜特・瑟然治好傷之後，全身上下顯現出紫色的火焰，手上也出現了火焰形成的劍。

她以紫炎之劍朝敵隊劍士發出炎之氣焰！中招的對手忍不住開始痛苦掙扎！

『凜特・瑟然選手的紫色火焰包圍了對手！這下子該選手可能要承受不了，遭到淘汰了！』

正如主播所說，那個選手中了凜特・瑟然的紫炎之後立刻就消失在淘汰之光當中。

……那個孩子同樣繼承了神滅具（longinus）的力量。加斯帕、瓦雷莉、凜特・瑟然……莉雅絲在隊裡放的神滅具級的強大力量多達三種。

當然，新莉雅絲隊的表現並非僅止於此，莉雅絲也以毀滅之力壓倒敵隊的「國王」（最上級惡魔）。對方的「國王」似乎在克隆先發制人的時候就受了傷，已經不敵莉雅絲了。

在她身旁，墮天使模式的朱乃學姊也以盛大的雷光龍，狠狠修理敵隊的「皇后」。

木場不費吹灰之力以高速砍倒對方的「騎士(knight)」，小貓也以白音模式使出火車將對方的「主教」燒成灰！

「淘汰」、「淘汰」、「淘汰」，宣告敵隊選手敗退的廣播聲接連響起。

莉雅絲隊的勝利已經無可動搖了吧。

莉雅絲本身也是不斷累積勝利，目前還是全勝。接下來就等莉雅絲將死對方的「國王」讓對手認輸了。

瓦利開心地說：

「大會開始之前，還有人將少了你們的莉雅絲・吉蒙里的隊伍評論為一個空殼呢……現在看來，她將舊隊員和新隊員運用得相當妥善嘛。也可以說是活用本身特色的大膽戰術就是了……」

話說回來，她在這個時候揭曉克隆的真面目不知道有什麼意圖。參加大會的選手們原本就已經開始害怕神級選手的力量了，大概是想藉此展現壓倒性的威力，進一步削減對手們的氣力吧。

不過，或許有人會因為看見這一幕而熱血沸騰，但是傳奇邪龍一登場，即使造成中途棄賽的人增加也不足為奇。事實上，隨著大會不斷進行，退出遊戲的隊伍也日益增加。

我歪著頭說：

「……這樣我們是不是也該增強戰力比較好啊？」

正當我如此喃喃自語的時候，蕾維兒在我耳邊說：

（一誠先生，關於這個問題我有件事想找您商量。）

（真的假的。和起用那個女孩不是同一件事？）

對於我的問題，蕾維兒點頭以對。這樣啊這樣啊，所以除了愛爾梅希爾德以外還有別的人選嘍。

『比賽結束——！獲勝的是——莉雅絲．吉蒙里隊！面對其壓倒性的火力，就連最上級惡魔都力有未逮！』

廣播聲宣告了莉雅絲的勝利。又添了一場勝利呢，莉雅絲……我也不會輸給妳的！

瓦利確認了莉雅絲隊的勝利以及克隆之後似乎感到滿足了，便起身離開座位。

「我差不多該回去了。」

「啊，那我也該走了。」

對此，匙也接著這麼表示。

「哎呀，瓦利和匙都要回去了啊？」

我這麼問，匙便表示：

「比賽也結束了，如果沒有要回去釣魚的話，一直在這裡打擾你們也不太好吧。原則上我們也是對手，而且不久之後就要和你們比賽了」

「說的也是——匙，這次我絕對不會輸給你的。」

「嘿嘿，那是我的台詞好嗎，兵藤。」

我和匙互相握手。儘管我們的關係是可以隨口找對方去釣魚的好友，但比賽另當別論。這次我一定要獲得完全勝利！

瓦利輕輕笑了一聲。

「照這樣看來，兵藤一誠的隊伍的補強戰力似乎也有著落了吧。對我而言，這是再開心不過的事了。」

「瓦利，你要進入決勝錦標賽喔。」

聽我這麼說，瓦利聳肩以對。

「這句話，我要原封不動地奉還給你。」

瓦利舉起手，離開現場——即將離開之際，他又留下一句話：

「這次沒辦法釣到最後……下次我把那兩個新人也帶來好了。這樣負責照顧他們的美猴可以樂得清閒，他也會比較開心吧。」

……新人……啊啊，現任的沙悟淨和現任豬八戒那個變態啊。前者也就算了，後者實在過於變態，連我也不知道該怎麼處理他。

話雖如此，我並不排斥這個傢伙的邀約。

「好啊，下次上山去釣河魚好像也不錯。」

聽我這麼說，匙和瓦利都舉起手回應我。

……到頭來，我還是沒有搞懂該怎麼「享受戰鬥之樂」，也來不及深入追問他們……或許，我必須自己找出答案才行。我在心裡茫然得到這個結論。

—○●○—

事情發生在兩天之後。

放學之後，我們在社辦裡待到社團活動時間結束。

蕾維兒表示，她有能夠增強戰力的人選。而今天，我們能和她所謂的「人選」見面……

我的全體隊員（除了維娜以外）在社辦裡等了好一陣子。也已經請木場他們先回去了。

由於是要增強隊伍的戰力，為了辨別強弱，我請爆華也來了社辦。

當然，他的原形太大隻了，所以是迷你龍型態。我家老媽非常喜歡他的迷你龍型態，還說「好像雷誠好可愛！」，當成寵物一樣對待。這一點讓我覺得很對不起爆華。

等了一陣子之後，首先來到社辦的是穿著厚重服裝的愛爾梅希爾德。由於太陽還沒下山，她把兜帽拉得很低。

蕾維兒表示還有人會來，所以我們繼續等了下去——結果又有兩個人走進社辦。

一個是新的學生會幹部，百鬼勾陳黃龍。他是五大宗家之首，百鬼家的繼任宗主。是個感覺很有活力的駒王學園高二男學生。

百鬼開口打招呼：

「神祕學研究社的各位，打擾了。」

「喔喔，是百鬼——還有蜜拉卡。」

另外一個人——是以厚重服裝把自己整個人包得緊緊的女學生。

她也把兜帽拉得很低，還戴著厚到像玻璃瓶底的眼鏡。脖子上圍著圍巾，裙子底下是運動服的長褲，雙手還戴著手套，防備比愛爾梅希爾德還要嚴密，極力避免肌膚暴露在外。

那個把自己包得緊緊的女生和百鬼一樣是新學生會幹部的高二女學生，蜜拉卡・沃登堡。

其實，蜜拉卡是純種吸血鬼，更是卡蜜拉派的中心，沃登堡家的千金大小姐！之所以避免肌膚暴露在外也是因為她是吸血鬼。她也和愛爾梅希爾德一樣不是晝行者，在白天活動很費力。

她參加了阿傑卡・別西卜經營的「遊戲」，和百鬼一起調查僅剩的，下落不明的神滅具

——「蒼藍革新的箱庭」以及「終極羯磨」。

衣著厚重的女生——蜜拉卡一看見愛爾梅希爾德就撲了過去。

「是愛爾梅！」

被這麼一撲的愛爾梅希爾德嚇了一跳，不過她好像認識蜜拉卡。

「蜜、蜜拉卡？妳、妳來這種地方有什麼事情嗎？」

「咦？我在駒王學園上學啊，母國方面應該有聯絡妳吧？」

蜜拉卡稍微拉開一點距離，一臉疑惑地這麼問。

「這個我知道。我要說的不是這個，兵藤一誠先生的隊伍要在這裡開會耶？妳是來參觀的嗎？」

蜜拉卡和百鬼互看了一眼之後，點頭回應了愛爾梅希爾德的問題。

「要說是來參觀的也不算錯吧。不過，我只是順便跟來的。想見各位學長姊的，是這幾位。」

有事情來找我們的不是蜜拉卡，而是百鬼？可是，她說的是「這幾位」。除了百鬼和蜜拉卡之外還有別人嗎？

百鬼一臉傷腦筋地搔了搔臉頰。

「……這個嘛，該說是有事情過來呢，還是有想要介紹的人呢……因為有人表示務必想見兵藤學長跟菲尼克斯一面。」

話說回來，「菲尼克斯」這個稱呼還挺新鮮的。以同年級男生的角度來說，對蕾維兒的稱呼方式會變成「菲尼克斯」啊。

嗯？不對，等一下喔。從剛才開始，蜜拉卡和百鬼的說法都是「有人想見我們」、「想介紹給我們認識」。照理來說，叫他們過來的應該是我們才對……他們卻反過來說想見我們，還想介紹人給我們認識？

忽然，德萊格對我說：

『……我有種不祥的預感啊，搭檔。』

他的聲調有點低沉。你是怎麼了，搭檔？

——這時，敲門聲響起，又有一個人走了進來。

是個一頭藍色長直髮的美人！穿著一身筆挺的深藍色褲裝的超級美女！不過，頭髮是藍色，就表示她不是人類，而是超自然生物吧。看起來又不像是染出來的髮色。眼睛也是很深邃的藍色。

那個美女以視線掃過社辦一圈之後，看向我——說得更精準一點，是我的左手。

「好久不見了，德萊格。」

女子對著我的手臂——神器裡面的德萊格這麼說。

於是，手甲自然而然地出現在我的左臂上，寶玉也發出光芒。

『——迪亞馬特。唉，真是的……我還想說怎麼感覺到一股令人討厭的氣息呢，原來是妳啊。』

——迪、迪、迪亞馬特！

是那個五大龍王嗎！號稱最強龍王的「天魔業龍（Chaos Karma Dragon）」迪亞馬特！我只聽說過她也參與了別西卜陛下個人經營的那個「遊戲」而已……

我輕聲詢問蕾維兒：

（今天的事情……妳的人選是百鬼和迪亞馬特？）

（我要找的是百鬼先生……結果他表示，這樣的話必須先得到某個人的許可才行，要我們見那個人一面。）

原來如此，蕾維兒找的是百鬼。但是，去找他的時候，他說他那邊有人想要見我們。而那個人就是迪亞馬特——

只是，沒想到她會直接來見我們……不對，是來見德萊格……而且還是人類型態！

藍髮美女——迪亞馬特……小姐，伸手撥了一下她那頭長髮，嘆了一口氣說：

「你說那種話未免也太過分了吧。到處躲我的人明明就是你。自從你變成那副模樣之後，只要一感覺到我的氣息，就會拜託宿主逃跑對吧。」

『唔……嗯……』

「很遺憾的，這次你好像辨不到了。不過，我也學會了怎樣將氣息隱藏到你無法察覺的程度。活得久還是有好處的。」

『……所、所以，我才會在妳進來之前都沒有發現妳啊……』

德萊格的聲音當中，透露出他不太擅長應付迪亞馬特小姐。

更重要的是，我從剛才的對話當中知道了，迪亞馬特小姐說有事要找我們——她想見的，就是德萊格！

「……怎麼了，德萊格，你和那個美女之間有什麼恩怨嗎？」

我這麼問搭檔——但是，回答我的是迪亞馬特小姐。

「遭到封印之前的赤龍帝(Welsh Dragon)先生呢，借走了我收集的許多傳說中的道具。他表示，為了贏過白龍皇，他想要提升自己的能力。結果，他在三大勢力引發的大戰當中和阿爾比恩大吵了一架……之後的事情，你這個現任持有者也很清楚吧。」

迪亞馬特小姐靠坐在社辦的沙發的椅背上，繼續說了下去：

「沒錯，德萊格不但借走了我的寶物，還擅自和阿爾比恩一起被圍剿，最後被封印在什麼神器裡面。都怪德萊格被消滅了，害我借給他的大量寶物都被人類盜賊搶走，散落到世界各地去。」

……哎呀，借走傳說中的道具，結果還沒還給人家就跟阿爾比恩開始吵架，最後遭到殲滅，變成現在這樣了是吧。

這樣當然是德萊格不對了。

『……唔，抱、抱歉。』

德萊格也老實認錯了。

然而，當事人迪亞馬特小姐只是帶著冷笑，如此要求：

「沒關係，把東西還給我就對了。」

『……我、我現在這個狀態，就算想還也還不了啊！』

迪亞馬特小姐嘆了口氣，聳了聳肩。

「不管，是你自己擅自跟人家吵架還死掉，要負責的也是你自己。」

啊——德萊格之所以到處躲著人家，是因為借了東西又還不出來才被追著跑是吧。也是，在被封印在神器裡面的這段期間被偷走的傳說中的道具，想回收應該也是困難至極吧。

不過，這種事情還是一碼歸一碼。

「……這個嘛，借了東西就應該要還人家才行。」

我如此說出最直接的感想。

『連、連搭檔都說這種話……！』

或許是我的反應出乎德萊格的意料，他似乎大受打擊。不，再怎麼說，借了東西總不能不還吧……而且是你們自己要吵架的。

看著我和德萊格的互動，迪亞馬特小姐露出傻眼的笑容。

「不過，這種事情對現在的德萊格說也沒用吧……唉……我最引以為傲的收藏品現在都淪落到各勢力的寶物庫裡面了……」

迪亞馬特小姐嘆了口氣──但是立刻表情一變，露出戲謔而妖豔的笑容。

「於是我就想到了。德萊格還不出來的話──就請宿主代為償還吧。換句話說，就是類似連帶保證人那樣。」

迪亞馬特小姐看向我。眾人的視線也跟著迪亞馬特小姐的視線一起集中到我身上。

…………

………………我指著自己。迪亞馬特小姐點頭肯定了我的疑問。

「咦咦咦咦咦咦咦咦咦咦咦咦咦咦咦咦咦咦咦咦咦咦咦！」

我放聲大叫！那當然了！為、為、為什麼我得代替德萊格償還他積欠的債務啊！那已經是我出生之前很久的事情了不是嗎！

『搭檔，抱歉……』

你、你、你你你、你在說什麼啊，德萊格先生！幹嘛一副想拜託我的樣子！

你要說自己欠下來的債務，就是搭檔的債務嗎！不要──────！我不要當保人啊──啊啊啊啊啊啊啊啊！

迪亞馬特小姐露出微笑。

「我並不會因為宿主小弟是很有錢的上級惡魔，就要你用自己的資產清償。再怎麼說這樣也太可憐了。所以，我可以原諒德萊格，不過有個交換條件。」

迪亞馬特小姐指著我這麼說：

「我可以原諒他，但是相對的，你們在大會得到優勝之際，你要許願將分散到各勢力的我的收藏拿回來。我記得，優勝獎品的願望，可以實現的數量會隨大小而變動對吧？」

對於迪亞馬特小姐的問題，蕾維兒點了點頭。

「是、是的。如果願望的規模不大的話，隊員可以一人實現一個願望，如果規模非常大的話也有可能整隊只能實現一個願望。」

沒錯，大會的優勝獎品──運用各勢力的神祕力量，盡可能實現隊員的心願。關於這個獎品就像蕾維兒所說，數量會跟著規模而變動。

由於我們把在大會中獲得優勝作為第一優先考量，對於願望並沒有什麼執著，也沒有把目標放在什麼太大的願望……

這樣啊，迪亞馬特小姐希望我們在得到優勝的時候，可以幫她討回失去的收藏品啊。對於營運方面而言，這個願望的規模不知道算是多大……不過應該是有辦法實現的願望吧。

迪亞馬特小姐繼續說了下去：

「原則上，我會協助你們獲得優勝。要我加入這支隊伍也不是不行，只是我好歹也是排名遊戲的營運人士之一。再怎麼說，這樣也不太好吧？所以——你們就讓這孩子入隊吧。」

迪亞馬特小姐——指著百鬼這麼表示。

原來如此，話題接到百鬼在這裡的理由來了啊。蕾維兒所說的「增強戰力的人選」，根據之前的來龍去脈，指的似乎也是百鬼沒錯。

百鬼露出難以言喻的表情，如此表示：

「——這個嘛，好像就是這麼回事……我也欠了迪亞小姐很多人情……她有事情拜託我的話，我也無法拒絕。」

這樣啊這樣啊，不知道是和別西卜陛下那個「遊戲」有關，還是和他們正在調查的神滅具有關。無論如何，百鬼都受了迪亞馬特小姐多方照顧的樣子。

迪亞馬特小姐說：

「憑龍太的能力，想必可以成為你的助力吧。而且這對百鬼家繼任宗主而言也是很好的經驗。營運陣營良心推薦這麼做。」

「……龍太？這是百鬼的綽號嗎？」

聽見她用了我不曾聽過的稱呼方式叫百鬼，好奇的我便問了他本人。

「……不，『龍太』是我繼承『黃龍』之名以前的……我的本名。迪亞小姐似乎覺得這個名字比較好聽，都這麼稱呼我。」

原來如此，「黃龍」這個名字也是在繼承了掌管他們家的靈獸之後才能用的名字是吧。

「……又是龍太又是交趾的，百鬼的名字還真多啊。」

我這麼說。總覺得每次見到這個傢伙就會多一個名字或是綽號，我都不知道該怎麼叫他了。

「……這個算是出生在守舊家庭的人的宿命吧。兵藤學長想怎麼叫我就怎麼叫吧。」

那我就叫他「百鬼」好了。這對我而言是最簡單明瞭的稱呼了。

我問蕾維兒：

「蕾維兒，所以……就是百鬼了嗎？」

我確認新隊員是否就是百鬼。

蕾維兒從懷裡拿出智慧型手機。同時，她用上面的相機對準了百鬼，操作智慧型手機準備拍下他的照片。

「那麼百鬼先生，請讓我幫你測量一下。」

她幫百鬼拍了照。這是營運提供的大會專用應用程式之一。啟動應用程式之後拍照，就可以立刻判別對方的棋子價值（大會標準）。據說就連拍不出照片的吸血鬼，只要符合限制條件也能夠處理。

接著，看見最關鍵的百鬼的結果，蕾維兒嚇了一跳。

「——！……一誠先生，百鬼先生的大會棋子價值以『士兵』員額換算的話有『5』！比我預料的還要高……！」

「人類有『5』！」

過於驚訝的我忍不住叫出聲來！

以大會標準換算是「5」顆「士兵」嗎！人類有這個價值真的非常驚人。我也沒聽說他是神器持有者啊……不愧是年紀輕輕就成為這個國家的異能力者團體的中樞——百鬼家的繼任宗主大人啊。

聽見這個結果而大受打擊的——是在隊上擔任「士兵」的爆華。

「……像他這樣的人類少年，價值竟然比在下還要高嗎！」

坦尼大叔的兒子爆華以「士兵」換算是「3」嘛。不，大會標準的「3」也非常厲害了喔。是接受神級選手參賽的大會的標準太奇怪了。

潔諾薇亞對爆華這麼說：

「我和一誠等人也都是十七八歲的少年少女。爆華，人不可貌相喔。」

「唔、唔唔……這、這麼說來也是……吾之『國王』、潔諾薇亞大人，還有各位，請原諒在下的萬分失禮……」

潔諾薇亞有的時候會說出很有說服力的一句話呢。確實就像她說的一樣。

蕾維兒一面在筆記本上書寫，一面表示：

「不過，爆華先生說的也沒錯，人類有大會標準的『士兵』棋子價值『5』十分驚人。以一般的『惡魔棋子(evil piece)』換算的話還會更高吧。」

不知道會高到什麼程度……而且，這下讓我再次確認了莉雅絲隊的「士兵」克隆·庫瓦赫是多可怕的怪物。以一般的「惡魔棋子」換算的話，除非有「變異棋子(mutation piece)」，否則大概無法將那個傢伙收為眷屬吧？不過，以那個傢伙的個性，轉生為惡魔算是屈就，他應該不會這麼做就是了。

……克隆本身的規格，已經超越遭到封印前的德萊格了嗎？大概是至今未曾遭到驅除，不斷鑽研的成果吧……

百鬼一本正經地，在我的面前泰然自若地站定。

「我不會轉生為惡魔，不過能夠成為兵藤學長的隊員在大會中戰鬥的話，是我的榮幸。如果能夠就近見識驅除凶事的你是如何戰鬥，那麼我也願意盡全力擔任『燚誠之赤龍帝』的

『拳頭』。」

他低下頭，主動表明參加的意願。

潔諾薇亞也站到百鬼身旁，把手放在他的肩上，然後對我說：

「一誠，我和這個傢伙交手過幾次，讓他加入我覺得很划算喔。我以駒王學園現任學生會長的身分向你推薦。」

百鬼斜眼看著潔諾薇亞說：

「……會長，不要把我說得像特價商品一樣好嗎。還有，麻煩不要再藉故打發時間找我交手了……」

……潔諾薇亞承蒙你照顧了。

就連把自己包得緊緊的蜜拉卡也參加了這個話題。

「我也要拜託各位讓黃龍加入！雖然平常老是在發呆，但是他真的是個只要有心就辦得到的孩子！」

「……蜜拉卡，那不是什麼稱讚人的話喔。還有，平常老是在發呆的人是妳自己吧。」

對於自己的同學的發言，百鬼扶著額頭，一臉傷腦筋的樣子。

羅絲薇瑟從教師的觀點表示：

「我聽說百鬼同學平常在學校生活的態度、成績都很優秀。否則也無法成為學生會幹部嘛。」

這個人感覺也很有活力，應該是個文武雙全的人吧。

……話說回來，這樣啊，百鬼要加入我的隊伍。接下來還得問一下他的能力才行，不過多了一個學弟真是讓人開心！我們這裡多半都是女生，有個可以放鬆心情來往的男生令我非常感激！

爆華……雖然是男性，但他是以臣子的身分跟著我，距離感很難捏。雖然他是個好人。

而爆華對百鬼提出抗議。

「喂，我沒說話，可不代表你能搶在我之前自稱是『燚誠之赤龍帝』的『拳頭』！」

為了讓爆華冷靜下來，我試著安撫他。

「別這麼說嘛，爆華，你嘛……願意成為我的『獠牙』，我就很開心了吧。」

我不經意地這麼說——

「——！」

卻讓爆華本人感動落淚！他以迷你龍型態，跪倒在地板上磕頭！

「…………微臣愧不敢當。在下爆華，樂意成為主上的『獠牙』……！」

……真是的，我隨便說一句話都會換來爆華的過度反應。

「把頭抬起來啦，爆華！我不是叫你別這樣嗎！」

經過了這一番插曲，迪亞馬特小姐大概是確認完我們的互動了，她轉過身走向門口。

「事情就是這樣，龍太就交給德萊格你們了。我期待你們的好消息。德萊格，這次你再逃跑的話，我就連你的宿主一起燒燬。」

『唔……』

喂，德萊格，她說要連我一起燒燬耶……！現在是怎樣啊！

『……我也只能說抱歉了。都怪我當時太年輕……』

……唔……這也是寄宿了赤龍帝之力者的宿命嗎？也罷，事到如今已經騎虎難下了，也只能盡力而為。

『嗚嗚！搭檔，抱歉、抱歉！』

沒關係啦。我也因為「胸部龍」給德萊格添了不少麻煩，一下子弄哭你，一下子害你退化到幼兒時期。我的所作所為，對你造成的壓力似乎也意外的大……

迪亞馬特小姐離開之後，蕾維兒開始進行各項確認。

「百鬼先生，你想擔任哪個位置呢？隊上的『城堡(rook)』也還有一個空缺。不過，根據比賽的狀況，隊員的定位也很容易變動，所以大概也無法讓你一直擔任固定的位置就是了。」

蕾維兒將隊員表拿給百鬼看，百鬼便看向其中一個項目，揚起嘴角說：

「那麼，一般就是『士兵』了吧。聽說兵藤學長原本也是從『士兵』起步的。既然如此，我也想從那裡開始。」

……哈哈哈，致敬到這種地步害我都不好意思了。

「一誠先生，您意下如何？我這邊是沒有什麼問題。」

蕾維兒這麼問我，我便爽快答應。

「好啊，那麼，就拜託百鬼當『士兵』了。」

「是。好！我是兵藤學長的『士兵』了！鬥志都湧現了呢！」

百鬼顯得有點興奮。那麼，他究竟有什麼能力呢？

如此這般，百鬼成了我的隊伍的「士兵」。如此一來，只要不交換位置，基本上我的隊伍的「士兵」就由「3」顆份的爆華和「5」顆份的百鬼占滿了。

百鬼再次對我們一鞠躬。果然是名家子弟，禮儀十分周到。

「事情就是這樣，各位前輩，我還不成氣候，請各位多多指教。」

對此，隊員們也有所反應。

伊莉娜和愛西亞對他鼓掌。

「沒想到還會有學生會成員成為新隊員呢，請多指教！」

「感覺隊伍又要變得更熱鬧了！」

羅絲薇瑟的神情顯得有點凝重。

「居然有兩名隊員都來自學生會……晚一點要向暗中支援學校的吉蒙里家報告了。」

百鬼家的繼任宗主參加這次大會，在他們的業界應該也是一件大事吧。不過，我想迪亞馬特小姐應該已經處理好相關事務了才對……

看見這個狀況，有個人著急了起來——就是愛爾梅希爾德。

「請、請問！我……我還不能入隊嗎？」

愛爾梅希爾德要求入隊的時機比百鬼還要早。然而，蕾維兒雖然讓她配合隊伍內部的練習，卻無法決定成全她的心願讓她入隊。

「愛爾梅希爾德小姐的部分我們也在評估。可是，在知道妳真正的意圖之前，我們無法判斷是否該正式決定。」

聽見「真正的意圖」這幾個字，愛爾梅希爾德立刻回應：

「是為了卡蜜拉派，為了故國。」

「…………」

蕾維兒沒有回話，只是一臉凝重，沉默不語。我想，那番發言只是場面話，她心裡還有其他想法，而蕾維兒也看穿了這一點吧。

畢竟我們第一次見面的時候她是那種態度嘛。原本那麼高姿態的純血主義者少女，第二次見面時卻變得這麼圓融，就連價值觀也不一樣了，我們當然會想知道她有過什麼遭遇。

對於蕾維兒而言，她大概是覺得愛爾梅希爾德的本質——以及參與大會的信念就藏在其中。在確認過這些之前，我們也無法答應讓她參加大會。

……可以的話，我也想知道她的真心話。如果要讓愛爾梅希爾德入隊，哪怕只有一點點也好，我都想知道她的心意。

……若無其事地問一下和愛爾梅希爾德熟識的蜜拉卡或許也可以。

於是，我偷偷問了衣著厚重的蜜拉卡。

（對了，愛爾梅希爾德和蜜拉卡互相認識啊？）

（是啊。畢竟我們來自同樣的母國，我們從小就非——常熟稔。不過她在短時間內改變了許多呢。）

……果然，就連從小就認識她的人看來，她的個性也變了很多啊。

蜜拉卡的瓶底眼鏡底下的深紅色眼睛，充滿了悲傷。

（蕾維兒小姐口中的真正意圖，愛爾梅還沒說出來啊……我知道是知道，不過我想還是讓她親口說出來比較好。）

……她大概在祖國經歷過什麼吧。

如此這般，儘管掛念著愛爾梅希爾德藏在心中的意念，我們依然得到了新的隊員，百鬼勾陳黃龍——

Life.3 決戰之前

當天，結束了惡魔的工作，接著和蕾維兒開會討論了許多事情之後，我為了洗個澡，前往地下的大浴場。愛西亞她們好像在我開會的時候，先去沖過澡了。

莉雅絲她們似乎提早結束工作，已經回到家裡來，而且明天還要早起，所以先睡了。

正當我在浴室裡洗身體的時候，忽然感覺到別人的氣息！

我看向一旁，發現朱乃學姊不知不覺間已經出現在我身邊了——！

「呵呵呵，我可以一起洗嗎？」

朱乃學姊！她偶爾會完全掩藏氣息突然現身，我每次都會嚇到！莉雅絲也學會了這門技術，不時用這招偷偷接近我，我也經常因為這樣嚇一跳！

朱乃學姊——當然是全裸！我完全可以確認她那充滿彈性的特大胸部，連尖端的乳頭都看得一清二楚！

我以色瞇瞇的視線不斷瞄過去，同時問：

「那、那個，這是怎麼回事？這個時間妳應該已經睡了吧……？」

朱乃學姊把沐浴乳擠在毛巾上，一面搓出泡泡，一面說：

「呵呵呵，因為我偶爾也想幫老公洗背嘛。親愛的，可以讓我幫你搓搓背嗎？」

朱乃學姊殷勤地這麼說！

在那次求婚之後，朱乃學姊不時就會像老婆一樣稱呼我為「老公」、「親愛的」之類，對待我的方式也像是古早的日本女性一樣，表現出為丈夫盡心盡力的態度。

「那、那麼，就拜託妳了！」

我也沒有理由拒絕，所以就大聲拜託她了。朱乃學姊輕聲咯咯嬌笑，以「是，親愛的」回答我。

……聽她叫我「親愛的」的時候不知道該說是很害羞，還是該說讓人心癢癢的……我是非常開心沒錯，但是又覺得好像還有點太快了！

——這時，繞到我背後的朱乃學姊開始拿毛巾搓洗我的背。

「……一想到可以像這樣一——直幫一誠洗背，我就覺得好幸福好幸福……」

聲音顯得雀躍不已的朱乃學姊對我說「一誠，把手舉起來」，我照做之後，她便開始搓洗我的身體側面，也搓洗我的手臂……

緊貼著我的朱乃學姊一有動作，她豐滿的胸部、極致柔嫩的女體就會碰到我——！

我都快要受不了了！

從後面洗得到的地方全都幫我搓洗過之後，朱乃學姊又說：

「接下來要洗前面嗎？」

——！這、這樣不太好吧！那就不是有點害羞可以形容的了！

「那、那裡我自己洗！」

我這麼表示，但朱乃學姊只是露出傷腦筋的表情。

「可是，我得洗過老公的每一個部位，否則無法成為一個好老婆。」

朱乃學姊占領了我的前方！她拿著毛巾——從胸口開始搓洗起來啊啊啊啊啊啊！

巨大的胸部就在我的眼前節奏感十足地彈來彈去！

「哎呀，沒問題的。老公的裸體我經常有機會看，沒關係喔。」

這麼說來，我們很常在浴室碰見呢！所以我當然也會被看到！可是，被年紀比我大的大姊姊像這樣拿出來說還是很不好意思！

「好了，接下來——呵呵呵，請做好心理準備喔。」

朱乃學姊的手——繼續往下面伸！不要啊啊啊啊啊啊！太不好意思了！雖然很不好意思，卻又覺得其中好像有什麼未知的體驗在等著我——

我做好心理準備，事情也即將一發不可收拾，然而就在這個時候！

「嘩啦！」「嘩啦啦！」

後方傳出水聲。我和朱乃學姊一時好奇，看了過去，只見奧菲斯（蘿莉版）和莉莉絲從浴池裡現身。

「吾贏了。」

「莉莉絲贏了。」

接著又是「嘩啦」一聲，連九重也從浴池裡探出頭來。

九重用力喘著氣說：

「呼咿——！我還是比不過菲斯和莉絲！」

看來她們三個是在比誰可以在浴池裡潛水比較久。

——這時，奧菲斯和莉莉絲開始哼起歌來。旋律相當獨特，我也不曾聽過……卻又隱約讓人覺得很開心，很引人入勝。是她們自創的歌嗎？

因為她們三個登場，我和朱乃學姊之間的桃色氛圍消失得一乾二淨，互看了彼此的臉孔一眼，然後忍不住噴笑起來——

—○●○—

對上「天界的王牌」隊的比賽之日越來越近，我們依然加緊訓練。清晨，結束了加入百鬼的團隊訓練之後，我在家裡的浴室迅速沖了個澡，然後走向一樓的廚房。

我從冰箱裡拿出果汁牛奶，豪邁地大口灌下去時，才發現客廳裡有個稀客。

將一頭黑白相間的頭髮挽起來的少女——凜特・瑟然坐在沙發上。

之前我見到她的時候，她身上是教會戰士的女性用戰鬥服，但今天穿的卻竟是的駒王學園女學生制服。

在我們互相都發現到彼此之後，我開口問凜特・瑟然：

「呃，妳是凜特……小姐對吧？」

「不不不，叫我凜特就可以了，赤龍帝大哥。」

哈哈哈，語氣還真隨便啊。長相也讓我想起那個臭神父……不過和那個傢伙比起來，她可愛多了。

「妳有事找莉雅絲嗎？」

「算是吧。莉雅絲隊長要我在這裡等她。」

兩隊的大部分成員都在一個屋簷下一起生活的話，自然會發生這種事情吧。

「妳這身打扮……」

我提到凜特身上的駒王學園制服。

凜特拉了拉制服，同時這麼說：

「隊長說白天要在這個城鎮到處走動的話，比起戰鬥服，還是穿成這樣比較好。」

確實是這樣沒錯。莉雅絲的考量很正確……不過，去年的這個時候，某兩個人倒是穿著戰鬥服在這個城鎮大搖大擺地走來走去就是了。那時想必醒目到不行。

我隔了一段間隔在沙發上坐下，又問：

「我聽說妳是從梵蒂岡的戰士培訓機構之一……專門培訓白髮戰士的地方出來的……」

弗利德和英雄派的齊格飛，還有在對抗教會戰士們的那場戰鬥當中我也看到了幾個白頭髮的人。我聽說過戰士培訓機構有好幾個，而且「曾經」有過一個專門培訓那種白髮戰士。不過現在應該已經重新編制過了。

「是啊是啊。和弗利德大哥還有齊格老師一樣。」

「啊，不是，我原本沒有打算提到弗利德他們的意思……」

她毫不在意地左右揮了揮手。

「哎呀，請你不要放在心上。我是我，大哥和老師是大哥和老師。啊——他們兩個給各位添的麻煩，對此我要代表那個機構道歉。不好意思，不好意思。」

語氣依然隨便的凜特低頭道歉。

「沒關係沒關係，妳不需要像這樣低頭……我也認為那些傢伙是那些傢伙，而妳就是妳，不需要在意。」

我這麼說，她便擺出敬禮的姿勢。

「收到。」

接著，時間暫時在默默不語之中流逝……因為我找不到可以對話的點，或者該說不知道該聊什麼話題。問她大會的事情總錯不了吧？

正當我這麼想的時候，凜特先開了口：

「我之前待的，是一個名叫『西格魯德機構』的地方。那個機構的目的，是為了從繼承英雄西格魯德血統的人當中，培育出能夠運用魔帝劍格拉墨的『真正的西格魯德後裔』。」

「那麼，妳和弗利德……是兄妹或是親戚嘍？」

「嗯——我們是根據數種基因結構誕生出來的，所以要說是兄妹也算是兄妹，要說是親戚也算是親戚吧……啊——我的基因和弗利德大哥幾乎相同，所以要說是同一個人也可以算是同一個人吧——」

「相同的基因……」

……身為信徒，教會、梵蒂岡卻違反上帝的教誨，做出操弄基因這種事情來啊——話說回來，都已經有巴爾帕的前例了，現在聽到這種事情我也不太驚訝……這就是所謂的教會的黑暗面吧。聽說現在已經邁向改善，接連解散了進行可疑研究的機構，也介紹研究員到其他組織去。

不過，如果是這樣的話，這個孩子會長得像弗利德也是理所當然的了。根據相同基因而誕生的白髮小孩們……

「也就是所謂的試管嬰兒啦。那個機構試圖以人工方式製造出西格魯德的後裔。」

她說得很輕鬆，但是我怎麼想這都是很沉重的話題！

「……也有巴爾帕那種人嘛。基因改良是吧……」

我的臉色凝重了起來。既然是同一隊的成員，木場應該也已經知道凜特的狀況了吧……不知道他有什麼感想。

然而，凜特的反應和我的心情正好相反，她只是豪邁地大笑！

「哎呀——哈哈哈，因為三大勢力締結同盟之前的狀況是一片混沌嘛——梵蒂岡也是。認為即使違反教義，只要成果對天界、對上帝有所貢獻就好的瘋狂信徒，還有利慾薰心的高層，在組織內部跋扈橫行的結果就是這樣。」

用那麼開朗的語氣大談教會的黑暗面可以嗎！雖然方向不太一樣，不過她說話的方式就像弗利德一樣誇張！

凜特仰望天花板，眼神有點神遊太虛的樣子。

「以結果而言，齊格老師搶先成為了能夠運用格拉墨的人。基本上機構長年以來的宿願已經在那個時候達成了。不過，齊格老師後來就意氣風發地和梵蒂岡說再見，進行恐怖攻擊去了。」

……嗯，那個傢伙確實是到處進行恐怖攻擊來著。

結果，他最後被同是教會出身的木場打倒了。聽說這件事的時候，我感覺到冥冥之中似乎有妙不可言的定數——也就是所謂的業報。

凜特繼續說了下去：

「因為有人可以運用格拉墨了，機構對待我們這些剩下來的人的方針也有所改變，切換為『測試英雄西格魯德的子孫能夠發揮到何種程度大作戰』——結果，現在格拉墨也到了木場場前輩的手上，真是奇妙的因緣際會啊。」

……這樣啊，木場那個傢伙對她而言是「木場場前輩」啊……這麼說來，格拉墨也在奇妙的因果循環之下易主了呢。

忽然，凜特豎起一根食指，一小撮紫色的火苗出現在她的指尖上。

「這個你也知道吧？」

我點頭。這對已經「Ｄ×Ｄ」的成員已經是正式公開的事情了。

沒錯，那就是原本由紫炎的華波加持有的神滅具——「紫炎祭主的行刑台（incinerate anthem）」。

在我們打倒華波加之後，神滅具由三大勢力回收。同時也是聖遺物（relic）的那個神器後來由阿撒塞勒老師管理，和天界陣營共同商討今後該如何使用。在對抗６６６的時候調整為瓦雷莉能夠持有的狀態，但那完全只是暫時性的處置。

「紫炎祭主的行刑台」，原本是基於某個人的意志而遊走於各任宿主之間。下一個宿主也必須由神器自行選擇，性質十分特異。

凜特能夠運用那個神器，大概就是這麼回事吧。神器選擇了她，而三大勢力也接受了這件事。

「我之所以得到紫炎，是因為神子監視者在尋找能夠使用的人的時候，也找到我這邊來，偶然之下——不，這會選上我應該算是必然吧。」

凜特輕描淡寫地這麼說。她依序豎起手指，每豎起一根，指尖上便燃起一小撮紫炎。她將五根手指上燃起的紫炎集中到掌心，紫炎便凝聚在一起，搖曳成熊熊燃燒的鮮豔火焰。

……不過，她說的內容非常不得了就是了！她本身的態度很隨便，害我覺得被神滅具選上是一件簡單又不足掛齒的事情！

「對了，妳之所以使用瑟然這個姓氏……是還在機構的時候高層給妳取的嗎？」

這是我心中的疑問。基因和弗利德相同這個我懂。可是，連姓氏都用同一個是為什麼？說到弗利德，可是一個對教會、對惡魔都造成很多麻煩的臭神父。以她的長相再加上那個姓氏，不但會讓人懷疑他們的關係，更會加強對她的戒備，對她而言應該沒有任何好處才對。

凜特闔起手，同時消除了掌心的火焰。

「嗯——該怎麼說呢，有很多意義啦。簡單的說，我和那個亂來到不行之後翹辮子的弗利德大哥擁有同樣的基因，所以想說至少我應該要連他的份一起活下去，也希望我可以為大哥做出來的那些壞事贖罪。」

「這樣啊。」

……替那個傢伙贖罪啊。她根本沒有必要贖罪吧……

看來她應該不是個壞孩子。不過阿撒塞勒老師和天界都將神滅具託付給她，莉雅絲也拉她入隊了，要說是理所當然確實也是。

好了，接下來的問題就是這孩子之前是負責怎樣的工作了。這個部分的資訊不是很清楚。蕾維兒也在幫我查這件事，但是能夠確認的資料當中，幾乎都沒有關於凜特的記述。既然如此，難道她原本是暗部的人，負責暗殺之類的工作？又或者是周遊列國的間諜？潔諾薇亞和伊莉娜也不知道她，所以應該不是在前線戰鬥的教會戰士嘍……

我想趁這個好機會問清楚這個部分，然而就在這個時候。

「一誠……還有凜特・瑟然啊。」

潔諾薇亞和……伊莉娜出現在客廳。

「哎呀，好巧啊。你們在聊天嗎？」

伊莉娜這麼問。

凜特一看見是潔諾薇亞和伊莉娜，一副很感動的樣子，喜不自勝地向她們搭話。

「哎呀，這不是夸塔前輩和紫藤前輩嗎～我一直很想和兩位來個女戰士之間的女子聊天會呢。」

潔諾薇亞和伊莉娜互看了一眼，眼睛閃現光芒，看起來很有興趣的樣子。

潔諾薇亞摟著凜特的肩膀說：

「喔喔，聽起來很有意思呢。我也有一大堆事情想問妳。首先是妳幾歲？」

「今年十七歲。」

啊，她比我們小啊。不過我本來就覺得，從外表看來她應該和我們差不多。

伊莉娜聽見她的回答，也開心地說：

「比我們小？很好很好。身為前輩，我也想稍微了解一下後輩。」

潔諾薇亞高高舉起手。

「好！在莉雅絲主人過來之前，我們幾個同鄉好好聊聊吧！我帶妳到樓上去介紹愛西亞給妳認識。」

「好耶！加上愛西亞同學……如果蜜拉娜修女也可以過來的話，我們幾個年紀相仿的信徒應該可以玩得很開心吧！」

「喔喔，這個感覺是我要交到朋友了嗎？哎呀～真是感激不盡～～」

就像這樣，潔諾薇亞和伊莉娜帶著凜特，前往愛西亞的房間去了。

我一個人被留在客廳。而且沒來得及問凜特原本的所屬單位。

……教會三人組啊，在莉雅絲過來之前，妳們可要把凜特還給她喔。

話說回來，正如伊莉娜所說，愛西亞、潔諾薇亞、伊莉娜、蜜拉娜、凜特都是年紀相近的教會女生，真沒想到我身邊會出現多達五個這樣的人。

她們五個組個小團體好像也不錯。正當我這麼想的時候，外出的蕾維兒以電子郵件將比賽之前的詳細行程傳到我的智慧型手機裡來。

比賽將近——最後的準備，即將開始衝刺。

—○●○—

隔天——

我在設置於吉蒙里領地下的廣大訓練空間裡面，和隊員們一起針對比賽進行特訓。

順道一提，這個空間和之前吉蒙里眷屬使用的不是同一個地方。其實，為了慶祝我升格為上級惡魔，吉蒙里家為我準備了我專用的訓練空間。

我總覺得吉蒙里家對我這麼好讓我非常過意不去，但是蕾維兒表示「請務必收下！」，勸我接受這番好意。

如此這般，我們修練的時候大致上都在這個我專用——應該說是兵藤一誠眷屬專用的訓練空間進行。

這次，我和隊上的新成員百鬼準備稍微過招一下。

「兵藤學長，請陪我修練。」

「好，包在我身上。」

開始前，我們彼此行了個禮。

我完成禁手，穿上鎧甲攻了過去，百鬼則是穿著運動員用的長袖上衣和格鬥短褲。光看這樣的打扮，百鬼就像是一個普通的人類運動員——當然，既然他會出現在這裡，就不可能這麼簡單。

他的體表繚繞著濃密的鬥氣，而且大概是因為和靈獸「黃龍」締結了契約的緣故，他甚至還發出強大的龍之氣燄。

據說，靈獸「黃龍」掌管的是「地」。「地」——也就是大地當中有稱作龍脈的東西在流動，而百鬼可以從龍脈當中借用「氣」，加算到自己的鬥氣上。

這種能力會受到所在土地是否豐饒所影響，但是只要條件齊全，他似乎可以無止境地借用「氣」。

至於百鬼本身的力量——

百鬼以鬥氣提升本身的體能，將攻擊、防禦、速度都增加到非比尋常的地步，高速衝向我！

百鬼的速度令我瞪大了眼睛。他以能夠隨意玩弄上級惡魔的速度，逼近到我面前！

我傾身閃過，但百鬼乘著高速發出的踢擊——大幅破壞了地面，製造出巨大的隕石坑！

鬥氣能夠將踢擊的威力提升到這種地步嗎！

百鬼接著對飛向空中的我不斷射出夾雜了鬥氣和龍之氣燄的球狀波動！近戰和中距離戰都行是吧！

他偶爾會出其不意地拉近距離，給我一拳——即使隔著鎧甲依然可以感覺到攻擊之強烈。不過，這種程度對我來說還不算什麼就是了！

他似乎也能夠和我正面進行打擊戰，不時貼近過來和我展開拳打腳踢的連續對打。

中了我的拳頭還撐得住，真是太驚人了。鬥氣能夠將肉體的防禦力提升到這種地步啊。人類能夠這麼耐打，只有令人驚嘆可以形容了。

不過，能夠和學弟這樣對打，老實說讓我很開心。之前和加斯帕像這樣修練的時候，我也覺得十分爽快。大會期間很難和阿加一起修練，其實讓我覺得有點寂寞。

沒想到百鬼也是專打肉搏戰的呢。太教我開心了！而且戰鬥方式和小貓還有塞拉歐格一樣是使用「鬥氣」。請百鬼幫忙的話，應該可以預習對附小貓和塞拉歐格的方式，這樣無論在比賽當中碰上哪邊都沒問題了。

我看向遠方，潔諾薇亞和伊莉娜兩個劍士也和這邊一樣進行著模擬戰，愛西亞和羅絲薇瑟則是針對魔力和魔法，彼此展現、研究術式。

——同時，我也看見愛爾梅希爾德穿著運動服在練跑……她的基本體力好像還沒達到蕾維兒期望的數值，所以毫不抱怨地專心跑著。而陪著她跑在一起的，正是蕾維兒本人。

其實蕾維兒也私下進行自主訓練，體力還挺不錯的喔。她經常把體力是經紀人的資本這句話掛在嘴邊，所以算是言出必行吧。真是經紀人的典範！

不知不覺間，我和百鬼開始一邊對彼此出拳，一邊開始閒聊。

話題——可謂五花八門。畢竟面對新成員就是該先從溝通開始。

我們現在聊到凜特。

「原來如此，對方的『騎士』有這樣的背景啊。」

「下次我會問問她原本的單位。」

我躲過百鬼的踢腿，拳頭命中了百鬼的臉部。但儘管如此還是一副若無其事的樣子，可見百鬼真的很頑強。

百鬼這麼說：

「學長平常的模擬戰對手是木場場學長對吧。聽說他是個劍術高超的劍士。我也想和他過招看看。」

「……我說啊，那個叫什麼『木場場學長』的稱呼現在很流行嗎？」

我疑惑地問。凜特也叫過「木場場前輩」呢。

百鬼說：

「啊——不知道為什麼，高二女生都叫他『木場場學長』呢。或許是因為這樣，高二男生也都跟著這樣叫。好像也有人簡稱『場學長』……還聽說其他地方也有人這樣叫他。」

……「場學長」是什麼啊……木場啊，你的校內人氣是不是走偏了啊？

在一旁測量我和百鬼的模擬戰的數據的爆華，開始做起筆記來。

「原來如此……莉雅絲．吉蒙里大人的『騎士』先生，要稱作『木場場學長』……」

「爆華，那個不用記沒關係……」

——就像這樣，一直到對抗杜利歐隊的比賽之前為止，我們都一再進行特訓。

好了，在全體隊員到齊的特訓結束之後，我們開始開會。

全體隊員在特訓空間當中集合在一起，以蕾維兒為中心開始討論。在比賽敲定之後，我們就一直針對轉生天使的特性，以及衍生自這種特性的撲克牌牌型等等進行討論，今天又再次審視這一切。

在摸索戰鬥方式的過程當中，果不其然，會成為未知的障礙的——

「……還是他們的智囊吧。」

蕾維兒一臉凝重地冒出這麼一句話。

蕾維兒拿出敵隊的教練——魯迪格的檔案，上面還貼了照片。

「——魯迪格・羅森克魯茲大人。在原本是人類的轉生惡魔當中，他是唯一列名於排名遊戲排行榜上位的一位。擁有『翻盤的魔術師（upsetting sorcerer）』這個別名，在冥界也是首屈一指的選手。」

對此，爆華也點頭附和道：

「是啊，那位大人的戰術、戰略，足以對冠軍造成致命的威脅。」

足以對那位迪豪瑟・彼列造成威脅……我和冠軍只有在阿格雷亞斯稍微過了幾招，不過那個時候我完全不是他的對手。但既然是排名遊戲，個人的能力並不是絕對就是了……

蕾維兒繼續說明：

「他原本是出自魔法師組織之一，『玫瑰十字會（Rosenkreuzer）』的創設者家族的魔法師，但是在成為惡魔之前似乎並不是一位太引人矚目的術士……據說只不過是上位魔術師之一罷了。」

爆華提供了補充資訊：

「我也聽家父提過魯迪格大人的事情。據說他原本是『番外惡魔（extra demon）』之一，瑪門家前任宗主的『主教』。」

蕾維兒也點了點頭。

「在成為轉生惡魔之後，他建立了各種功績，升格為上級惡魔……不過，他的傳說，是在參加排名遊戲之後才開始。」

……在參加排名遊戲之後才開始嶄露頭角的啊。

爆華的臉色隨即變得很難看。

「他參加排名遊戲之後，轉眼間便打敗了許多排名在他之上的隊伍，短時間內便進入排名前十，是個傑出人物。家父也和他比賽過……而且還表示對方是一支非常難纏的隊伍。」

……這樣啊，就連坦尼大叔也說他非常難纏是吧。順道一提，大叔沒有參加這次大會。

「大叔打贏他了嗎？」

對於我的問題，爆華一臉不知道該怎麼回答的樣子。

「……家父說打贏過，但還是敗戰比較多。家父在談到遊戲的時候很少那麼一臉苦澀，讓我十分印象深刻。」

想必比現在的爆華還要苦瓜臉吧。

蕾維兒也說：

「我們家最大的兄長大人，勒瓦爾哥哥在提到魯迪格大人的時候，也總是一臉凝重……

這樣的一位人物表示要以教練的身分，而非個人身分參加這次大會的時候，在冥界和人類世界的魔術師業界都成為相當熱門的話題。」

轉生惡魔的中心人物突然宣布要當天使的教練，無論哪個陣營的任何人都會嚇到吧。

「……儘管原本是人類，惡魔要當天使陣營的代表性隊伍的教練也不是小事。這樣當然會引發熱烈討論了。」

潔諾薇亞雙手抱胸，說出她的疑問：

「所以，他們雙方聯手的理由是什麼？沒有理由的話就不會湊在一起了吧？不可能是天使陣營透過自己的管道拜託他的吧。」

蕾維兒摸著下巴說：

「我不知道發生過什麼事，不過羅森克魯茲大人和杜利歐大人之間肯定是有一致想要實現的目的、目標，才會一起行動吧。」

伊莉娜歪著頭說：

「那會是什麼呢？」

這個問題沒有人能夠回答。

……如果不是互相信賴，並且擁有同樣目標的人物，天使們——杜利歐也不會拜託對方當教練吧。

……杜利歐和魯迪格之間發生過什麼事嗎？

正當我想著「D×D」的隊長時——一個轉移魔法陣忽然出現在這個修練空間當中。知道這個地方的人，目前應該只有我們的隊伍和新吉蒙里隊才對吧！

然而現在出現的魔法陣紋章我不曾見過！我們提高警覺，但蕾維兒站了起來，橫向舉起手臂制止我們，示意要我們冷靜下來。

「其實，這次我們有一位顧問……或者該說不得不多了一位顧問……」

從陌生的魔法陣當中現身的，是一位穿著開了高衩的豔麗洋裝的美女！外表看起來是二十多歲後半！外表上的特徵——大概是頭上長了兩根角，還有微捲的粉紅色長髮吧。最引人注目的，就是豐滿的胸部和纖細的腰身，該大的地方都很完美的誘人身材！

我知道這個人！我在排名遊戲的相關電視節目和雜誌上看過她好幾次！沒記錯的話，她就是前排名遊戲第二名的選手！最強的女性惡魔選手，羅伊根·貝爾芬格小姐！

羅伊根小姐帶著動人的微笑向我們打招呼：

「赤龍帝，以及同隊的各位，貴安。我是羅伊根·貝爾芬格。」

「排名遊戲的前第二名選手，為、為、為什麼會出現在這裡！」

我只能嚇到眼珠子都蹦出來了！之前冠軍揭發弊端時，違規使用「國王」棋子的人也被公開給全冥界知道，而她也是其中一位。只是，她首先承認了這件事，並到處鎮壓那些因為

「邪龍戰役」爆發而決定放手一搏大鬧一場的，違規使用「國王」棋子的上位選手。

這些事情，我的隊上也沒有人不知道吧。

潔諾薇亞說：

「我聽說妳因為使用『國王』棋子的違規行為被揭發，交還了遊戲的各個頭銜，而且暫時無法參加遊戲了對吧……」

羅伊根小姐點頭肯定這一切，聳了聳肩說：

「不僅如此，『國王』棋子的功能也被關閉了。我還被趕出貝爾芬格家，最上級惡魔的階級也遭到剝奪。現在只是一個上級惡魔。」

……沒有自暴自棄，還到處鎮壓冥界的混亂，卻還是被剝奪了各種地位啊。就連最上級惡魔的階級也沒了……

看來後頭的政治背景就是這麼深厚，甚至到我們無法想像的地步吧……

羅伊根小姐看向蕾維兒。

「我正在請勒瓦爾幫我介紹新的工作。會造訪這裡也是其中的一環。」

蕾維兒也一臉複雜地點了頭說：

「……事情就是這樣。我們家的長兄——勒瓦爾哥哥希望麻煩我照顧羅伊根大人……」

菲尼克斯家的長男兼繼任宗主親自請託啊。所以，她是來當我們的顧問的嗎？那個羅伊根小姐耶。

正當我心中滿是問號的時候，羅伊根小姐本人自嘲地笑了。

「是啊。因為我很閒。我唯一的樂趣就是排名遊戲，被剝奪之後就一直過著自甘墮落的生活。」

羅伊根小姐闖進圍成一圈開會的我們之中，便擅自拿起資料低頭看了起來。

「你們要和由魯迪格當教練的隊伍對戰對吧？雖然無法直接成為你們的助力，不過，我打算姑且將我記錄下來的，遊戲的各種數據交給勒瓦爾的妹妹當成參考資料。」

羅伊根小姐一個彈指，便出現一個魔法陣，裡面變出一大疊紙本資料。羅伊根小姐說：

「那些是追加資料。」

蕾維兒拿起從魔法陣當中出現的資料進行確認。

「感激不盡，羅伊根大人。羅伊根大人已經像這樣給了我很多寶貴的比賽數據。我會參照這些和『神聖使者』的相關資料，構思比賽當天的戰略。」

原來如此，是這種方面的協助、顧問啊。

羅伊根小姐重重嘆了口氣說：

「畢竟我又不能當你們的教練。我現在還在受人監視，不能輕舉妄動。」

羅伊根小姐當教練啊……能夠有這麼妖豔的大姊姊當教練的話，我應該會更鬥志高昂吧！不行，負責擬定我們的作戰計畫的是蕾維兒。我必須信任蕾維兒，穩重沉著地當我的「國王」才行。

正當我在心中再次確認這些的時候，羅伊根小姐靠了過來，整個人貼得非常近！

「…………不過，呵呵呵。」

羅伊根小姐緊盯著我的臉看。一股誘人的馨香竄進我的鼻腔……

接著，羅伊根小姐以柔軟的手指用力抬起我的下巴。

「怎、怎麼了嗎？」

成熟的大姊姊的一舉一動都讓我心跳加速到不行！

然後，羅伊根小姐露出豔麗的笑容這麼說：

「赤龍帝……你的長相很可愛呢。我最老實的感想是——你是我喜歡的類型。」

——！我、我是她喜歡的類型——！這句話讓我嚇了一跳，大吃一驚，瞬間差點陷入混亂……但隨即理解了這句話的意思，滿臉通紅了起來！

我的反應未免也太生澀了吧————！但、但是！這麼漂亮的大姊姊在這麼近的距離對我說這種話，我！我會把持不住啊！

看見這一幕，隊上的女生們臉色大變。

「「「「——！」」」」

對於羅伊根小姐的發言，愛西亞、潔諾薇亞、伊莉娜、羅絲薇瑟、蕾維兒的反應都很激烈！所有人的表情都變得非常僵硬。

蕾維兒拉住我的手一扯，讓我遠離羅伊根小姐。

整個人不住顫抖的她說：

「……我太大意了。這麼說來，關於羅伊根大人是有這種傳聞沒錯。」

潔諾薇亞立刻追問：

「什、什麼傳聞？是怎麼回事，蕾維兒！」

「……羅伊根大人對小弟弟的喜愛無人能出其右。有情報指出她尤其喜歡十幾歲到二十幾歲的人類男性！」

這、這個情報太棒了吧！她喜歡小弟弟嗎！而且十幾歲也可以！所以我在她的好球帶裡面嗎！如此充滿魅力的年長大姊姊對我有興趣，讓我打從心底開心到都要飛上天了！

羅伊根小姐微微歪著頭，露出微笑。

「呵呵呵，赤龍帝的守備範圍不包括年紀比較大的女人嗎？」

「沒、沒有這回事！」

「不過，對你而言我已經不只是阿姨了吧。都已經是個超過一百歲的老太婆了。」

「才、才不會！完全看不出來！我只覺得妳是一個二十幾歲的美麗大姊姊！」

我怎麼會覺得她是老太婆呢！都已經知道惡魔的特性了，稍微差個幾歲……區區百歲的年齡差距在我心目中不算什麼！

聽見我的告白，羅伊根小姐好像真的很開心的樣子。

「你真會哄我開心。不過，我不太懂人類對年齡的感覺，所以不是很清楚你的意思，但至少知道你是在誇獎我。」

……不過，有好幾個人在用眼神殺我也是事實。愛西亞鼓起臉頰，潔諾薇亞、伊莉娜、羅絲薇瑟也都冷眼瞪著我！

蕾維兒甚至用力抓住我的手臂一副想說「一誠先生不可以讓給您！」的樣子，面對前排名第二也毫不退讓！

羅伊根小姐只是面帶微笑看著這一切……卻讓人感覺到氣定神閒的成熟風範！

——但是，羅伊根小姐切換了話題這麼說：

「無論如何，既然有魯迪格當教練，那支轉生天使的隊伍就已經不是強敵兩個字可形容的了。平常瞧不起人類的上級惡魔選手，唯一畏懼的對象就是他了。呵呵呵，你們可別太大意喔。」

說著，她轉過身，就再次展開轉移魔法陣。看來已經要回去了。

羅伊根小姐揮了揮手。

「我會為了你們的勝利幫你們加油的。不過，無論結果如何，都要盡情享受比賽的樂趣喔。還有——」

消失在轉移之光當中之際，羅伊根小姐轉頭過來看向我，對我拋了個媚眼。

「我會好好鑑定赤龍帝一行人的——記好嘍♪」

我們目送她轉移離開。

這番話讓我覺得既開心，又多了幾分壓力……

不過，這次新的邂逅讓我在心中多了許多期待！

—○●○—

比賽前一天——

我來到別西卜陛下的研究設施。這次不是為了和阿撒塞勒老師他們聯絡，而是別西卜陛下表示想要「診斷」一下。

診斷——換句話說，陛下是想診斷我體內的「惡魔棋子」。

別西卜陛下展開小型的魔法陣，放到我的胸口，看起來正在像以前一樣確認我體內的「惡魔棋子」。

一面調查，別西卜陛下一面不住點頭。

「嗯，果不其然。」

「結、結果如何？」

「你體內的『惡魔棋子』——『士兵』的棋子全部變成『變異棋子』了。應該是『龍神化』的影響吧。」

——！……所有「士兵」棋子終究都變成「變異棋子」了啊……！是在「龍神化」的時候變成這樣的嗎？

別西卜陛下依然轉動著魔法陣的紋章，診斷我的棋子。

「有著8顆『變異棋子』還有依然無法駕馭的『龍神化』是非常可怕的現象。那個型態，是真的足以改寫這個世界的力量吧。」

「就算是這樣，我還是無法想像自己能夠完全將那股力量運用自如……」

先是害我的身體瀕臨崩潰，即使是擬似狀態也會讓我累癱，我親身體會過那股強大的力量，但正因為如此，更讓我擔心自己能否完全駕馭。

然而，別西卜陛下接下來的發言卻出乎我的預料。

「嗯，在我看來倒是覺得你已經處於能夠運用自如的境界了呢。」

「別西卜陛下，您是說真的嗎！」

「完全精通——如果要達到這種程度，還需要久遠的時間吧。不過，如果是跨越時間限制，使用到體力耗盡為止這樣的範圍的話，我猜你應該已經能夠辦到了才對。因為足以達成的要素已經鞏固在你身邊了。」

別西卜陛下豎起一根手指。

「首先就是回到你身邊的奧菲斯之力——莉莉絲了吧。」

「……您要我借用她的力量嗎？」

她只會在家裡看電視打電動，還有一直吃而已就是了。

別西卜陛下繼續說了下去：

「正確說來，奧菲斯與莉莉絲的共鳴、同步，才是不可或缺的必要因素。這只是我的見解，不過你的身體之所以跟不上正式的『龍神化』，與其說是你的基礎體力不足，我認為她的力量分散而無法發揮真本領才是真正的原因。」

是曹操和薩麥爾搞出來的那一連串事件啊。奧菲斯的力量是因為那樣才被奪走的。

「……既然如此，只要莉莉絲和奧菲斯能夠共鳴……」

這時，我想起一件令人不安的事情。

「可、可是，這樣她們兩個會不會合而為一，導致其中一個消失啊？」

事到如今，要是奧菲斯或莉莉絲其中一個從家裡消失了我都會覺得很失落，我可不要這樣。我並不希望這種事情發生。

別西卜陛下摸了摸下巴。

「那就是她們兩個自己的問題了。如果必須變回原本的狀態，她們想必就會那麼做，如果不需要的話就會維持現狀了吧。呵呵呵，我想，只要你和瓦利．路西法不希望她們同化，那種事情就不會發生了吧？她——那對龍神姊妹，似乎已經對二天龍敞開心懷了呢。」

我希望她們兩個一直當我的朋友、當我的家人就好了。只要她們兩個的心意也一樣，我就不會多奢求什麼。

別西卜陛下嘆了口氣說：

「不過，這個是應該交給她們自己判斷的事情……我在意的是另外一邊。」

別西卜陛下又豎起一根手指，繼續說了下去：

「——偉大之紅的力量。寄宿在你體內，至今仍未完全解放，持續沉睡的力量。」

「……偉大之紅的力量？」

我的肉體在魔獸騷動的時候曾經一度毀滅，之後接收了偉大之紅的肉體的一部分，再次建構而成。陛下是指這件事吧。

別西卜陛下這麼表示：

「阿撒塞勒前總督所提倡的你的力量——B×B、C×C、D×D，以及在那之後的變化，或是寄宿在你身上的力量。如果想完全活用8顆『變異棋子』，只要能夠將奧菲斯的力量以及偉大之紅的力量雙方都加以解放，大概就能夠順理成章地運用『龍神化』，還能夠激發更進一步的力量——A×A。恐怕，那才是集合『無限龍神(Uroboros Dragon)』以及『真赤龍神帝(Apocalypse Dragon)』而脫胎換骨的你應該歸結的答案。」

——奧菲斯、偉大之紅，解放兩者之力時的，我的可能性。

「A×A啊。解放奧菲斯與偉大之紅的力量之際的答案……不過，怎麼不是E×E啊？仿照未來預計要成立的組織(E×E)，感覺後者應該比較契合吧。」

照順序也是後者啊……不過歸結為A×A倒也有種讓我恍然大悟的感覺。

但關於E×E，別西卜陛下露出一臉心裡有底的表情……

「關於後者，阿撒塞勒前總督似乎已經有解答了。他表示，那個現在還不會出現在你面前，不過總有一天，一定會到來。」

……現在還不會？嗯——不知道這是什麼意思。大概是時間會解決的問題吧。

別西卜陛下如此表示：

「無論如何，在這次大會當中那股力量都會覺醒，或是出現一點跡象吧。因為這是一場連神祉都參戰的，超乎常識的大會。」

「……我認為下一場比賽是一個關鍵。」

「杜利歐．傑蘇阿爾多率領的轉生天使隊。教練還是那個魯迪格．羅森克魯茲啊。既然參加了這次大會，未來也要參與原本的排名遊戲，他們都是你遲早必須面對的對手。」

別西卜陛下結束了診斷，收起魔法陣。陛下仰望天花板，並且這麼說：

「魯迪格……他所組織的戰術，和你的隊伍及莉雅絲．吉蒙里的隊伍完全不同性質。」

「……我看過紀錄影片了，感覺很像西迪……蒼那學姊的戰術，但又覺得在根本的地方截然不同。」

我看過魯迪格過去的比賽……他不是靠力量硬吃，而是以巧妙的作戰玩弄對手，藉此打倒對方的那種類型的選手。

但是，我總覺得他在某個地方和蒼那學姊有決定性的不同。以戰術和戰略顛覆和對手的戰力差距，這一點確實是很像沒錯……

別西卜陛下這麼表示：

「攻其不備這一點確實是很像——但是，魯迪格比惡魔還要惡魔。」

「不是惡意、邪惡方面的意思吧？」

「你說的是李澤維姆的主張對吧？那只不過是每個神話都會有的陰暗面向罷了。人類在這方面也一樣吧。我不是這個意思，而是迷惑他人、誆騙他人的存在之意。魯迪格進行遊戲的方式，就像是在體現這句話一樣。」

別西卜陛下說到這裡……或許是覺得說太多了，陛下中斷了這個話題，重重嘆了口氣。

「身為主辦人員之一，我給你太多建議的話算是脫序行為吧。像這樣和你私底下見面都已經算是踩線了……剩下的就由你自己想辦法吧。杜利歐．傑蘇阿爾多和魯迪格．羅森克魯茲，要對付他們兩個應該相當困難……不過事到如今，這對你們而言也不算什麼了吧。」

「沒錯！事到如今也不算什麼了！所以我們會堅持再堅持，最後獲勝！」

沒錯！無論對手是誰，我都要拿出最好的表現，堅持必勝，就只有這樣而已！和難以對付的對手對戰也不是第一次了，我們一直都是這樣啊，不算什麼啦！

看見我擺出勝利姿勢，別西卜陛下笑了。

「呵呵呵，這樣就對了。」

不過，A×A是吧。奧菲斯和莉莉絲的共鳴，還有，解放偉大之紅的力量——

看來我還有很多很多變強的餘地……好了，我該如何摸索呢？

回去之後，我再問問蕾維兒和德萊格，還有其他夥伴們的建議好了。

—○●○—

離開別西卜陛下身邊回到家裡的我，向蕾維兒報告之後，不知為何有種坐立難安的感覺，便前往位於地下的訓練室。現在是大家都已經就寢的時間了。

話雖如此，睡前還是冥想一下，順便和德萊格商量好了。

——就在我來到地下之後，才發現訓練室的燈是亮著的。

我偷看了一下裡面——看見的是對著設置在裡面的籃球框投球的愛西亞。

「愛西亞？」

我叫了她一聲，她便停下手邊的動作，轉過頭來。

「啊，一誠先生。」

「都已經這麼晚了……妳還在為了球技大會練習啊？」

當天的比賽項目也不見得是籃球啊……這麼說來，愛西亞在團隊練習的時候，也是一有時間就和潔諾薇亞、伊莉娜她們進行球技大會的特訓。

有時候練手球，有時候練足球——而今天是籃球啊。

愛西亞一邊擦汗一邊說：

「……因為我大概是最會拖累大家的人。為了盡可能幫上忙，我只能像這樣練習了。」

愛西亞抬頭看著籃框，開始吐露心聲：

「……身為社長，我不知道自己到底有沒有扮演好自己的角色，這件事一直讓我很不安……老是拿莉雅絲姊姊和自己比較。」

……是啊，我也注意到愛西亞有時候會做出類似莉雅絲的舉動。不過，他自己好像也察覺到「這樣好像不太對」了。

「木場同學是個稱職的副社長。他接下朱乃學姊的棒子擔任這個職位，做得相當出色……我有時也覺得其實應該由木場同學當社長比較好……」

「愛西亞，事情——」

我正打算否定愛西亞的發言時，她反而打斷了我想說的話，帶著開朗的表情說：

「我知道。事情不是這樣說的，對吧。莉雅絲姊姊以莉雅絲姊姊才能辦到的方式擔任社長的職位。我的目標也應該放在以我才辦得到的方式擔任社長才對。」

她的表情，是決心堅持自己找出答案的人才會有的表情。

「潔諾薇亞同學擔任會長表現得相當稱職，話雖如此，她並沒有模仿蒼那前會長，而是貫徹自己的作風，經營學生會。一誠先生也沒有依照莉雅絲姊姊的做法，而是一邊摸索自己的作風，一邊從事惡魔的工作。既然朋友和喜歡的人都以這種做法為目標的話，我——也想這麼做。」

——！…………愛西亞正努力想跨越這個難關。自己思考，並自己找出答案，跨越心中的煩惱，跨越眼前的阻礙。

我原本打算不著痕跡的協助她，但是她正打算憑自己的力量克服。

有時當然也會煩惱。也會有想事情想到無法專注在當下的事物上。可是，愛西亞不只是這樣，她已經堅強到足以自己找出答案了。

我……感動到眼眶泛淚。

這一年來，愛西亞不只是能力變強，就連心靈也變堅強了。

我拚命保護的寶貝愛西亞妹妹，懷抱著自己的意志，試圖扮演好「社長」的角色……

「……妳變得好堅強啊，愛西亞。」

我感動地這麼說，愛西亞隨即紅著臉，不斷左右揮動雙手。

「才、才沒有，我已經費盡全力了！現、現在也是為了避免在球技大會上妨礙大家才像這樣偷偷特訓！」

「我是覺得——懂得主動行動的人，自己知道要有所改變的人，才是真正的強者喔。」

我一邊這麼說，一邊不住點頭。換句話說，愛西亞正在逐漸覺醒為精神強者。真是太令人開心了！

好——這樣一來，我也開始想練習球技大會了！

「好，愛西亞，我也陪妳練籃球！來射個一百球吧！」

「好！」

正當我們兩個準備開始練習籃球的時候，有人走進這間訓練室。

「……我也可以幫忙嗎？」

是愛爾梅希爾德。

「愛爾梅希爾德，妳還醒著啊……不，在這種時間對妳這個吸血鬼說這種話，好像也太沒常識了。」

夜晚才是吸血鬼的時間嘛。這個時段還比較利於她活動身體吧。

愛爾梅希爾德撿起掉在地板上的一顆球抱著，帶著凝重的表情開口說：

「……我不是故意要偷聽愛西亞小姐剛才說的那些話，但是我也想要主動改變了。」

隔了一拍之後，她說了出口：

「……請聽我說。我之所以想要參加大會的原因——」

愛爾梅希爾德終於開始娓娓道來。

不久之前，邪惡之樹——李澤維姆導致吸血鬼世界崩潰，造成男性真祖主義的采佩什派，以及女性真祖主義的卡蜜拉派，雙方都受到毀滅性的打擊。

尤其是邪惡之樹以花言巧語攏絡兩個派閥的上流階級吸血鬼，深度干預內政。結果，背叛者就連肉體也遭到改造，重視血統及尊嚴的上級吸血鬼貴族，最後卻成了邪龍。

愛爾梅希爾德表示：

「……在那之後，我回到國內時看見的——是令人心驚膽戰，卻又非常哀傷的結果……

畢竟，和我一樣對於身為純種吸血鬼，對於為真祖卡蜜拉大人盡力引以為傲的同志……都變成了邪龍，甚至連卡恩斯坦家族的人，還有從小就在一起的朋友，都和邪惡之樹有關係。」

她在故國看見的——是化為醜陋的邪龍，被同胞打倒的叔父和堂兄，還有朋友不成原貌的模樣。

叔父和堂兄，都對卡恩斯坦家的……卡蜜拉派的作風心懷不滿。在卡蜜拉派，貴族家代代都是由女性坐上宗主寶座。男性血親的立場，頂多只能協助女性宗主。

在長久的生涯當中，他們終於受不了現狀了。他們暗中嚮往重視男性吸血鬼的采佩什派的作風。

因此，他們協助邪惡之樹，計劃在卡蜜拉派也加強男權。不只是愛爾梅希爾德的叔父和堂兄，卡蜜拉派的背叛者，多半都是男性貴族。

——他們表面上視女性吸血鬼的統治為理所當然，接受這一切，但是背地裡對於受女性支配感到難以忍耐。經年累月堆積起來的不滿終於爆發了。

對此，卡蜜拉派的女性們——打從心底受到震撼。認為和情人、丈夫、兄弟、男性至親相處得很和諧的，其實只有她們自己和部分男性而已。

卡蜜拉派主打的理念，以及贊同這種理念的純種吸血鬼們的價值觀產生動搖，出現了裂痕。這次事件無疑成為左右派閥今後發展的重要分水嶺。

更加衝擊了愛爾梅希爾德的價值觀的，是祖國朋友們的背叛以及轉變。她的同性朋友們，和前述的男性貴族們沆瀣一氣，背叛了祖國。她們──希望由男性來支配自己。

……並非所有女性都那麼堅強。力量比不上男性的女性想站在男性之上，不但非常非常耗費精神力，更需要堅強的決心──

會有女性吸血鬼無法承受一切也是事實。不，會有也很正常。又不是所有女性貴族都能夠帶領整個家族。

……希冀男性支配的朋友們不見原樣的轉變……看見變成邪龍的她們，愛爾梅希爾德感覺到自己的內心似乎發出巨響隨之崩潰。

說到這裡──愛爾梅希爾德深紅色的眼中充滿淚水。

「……在我為了祖國盡心盡力的時候，朋友們卻在背地裡苦惱不已，無法吐露。我因為沒有察覺她們的煩惱而對自己感到憤怒……然而我也知道，即使得知了她們真正的想法，以當時的我而言，除了否定她們以外，大概也找不到任何答案……到頭來，無論我怎麼掙扎都拯救不了她們……這個事實幾乎快要壓垮我了。所以，坐立難安的我便承接在外地的工作，走遍世界各地……因為要是待在祖國，我可能連精神都會崩潰……！」

說著，愛爾梅希爾德泣不成聲……原本態度那麼高高在上的她，也是因為相信祖國的威嚴以及主張無可撼動，追隨著這一切才能夠成立。因為她活在自己的世界時那是正確的，深信那是正義而毫不懷疑。

——而那一切都被打碎了。

在她不知情的狀況下，家族裡的人以及朋友苦惱不已，又無法訴說，導致內心扭曲，而試圖顛覆祖國的思維與理念。

確實很像李澤維姆愛煽動的案例……

……這件事即使讓愛爾梅希爾德的價值觀崩潰，甚至個性改變也不足為奇。

被一起度過長久時光的人如此背叛……會感受到的不是憤怒，而是足以逼瘋自己的哀戚與悲傷吧。

愛爾梅希爾德擦乾了眼淚。

「……這件事，我剛才已經告訴過蕾維兒．菲尼克斯小姐了。所以，我想也該像這樣告訴身為隊長的你。」

「……謝謝妳願意對我說出如此令妳難過的事情。」

「……不，事情都已經發生了，我就必須克服才行。不對，我就是為了克服這件事才打算參加大會……我覺得在這次有各式各樣種族參加的大會中，我應該能夠有所收穫才對……我必須變得更強才行。我必須有所改變，否則只會一再發生類似的事情。」

……原來如此，這個孩子也和愛西亞一樣打算主動改變自己，打算變強吧。她大概是因為聽見愛西亞剛才的表白，才決定對我說的吧。

話說回來，還有另外一件事情讓我很在意。於是我問了出口：

「不過，妳為什麼想加入我的隊伍啊？其他地方不行嗎？」

我這麼一問，愛爾梅希爾德隨即紅著臉，以拔高的聲音說：

「這、這個！……該怎麼說呢……應該說是剛好呢……還是該說既然都要參戰了呢……還是該說得償所望呢……」

愛爾梅希爾德的反應還真奇怪……正當我這麼想的時候，愛西亞卻說「一誠先生也還有很多事情該學習！」罵了我一頓……怎麼？只有我聽不懂嗎？

——這時，歪頭不解的我聽見別人的聲音。

「怎麼了怎麼了，我深夜想來沖個澡，怎麼一誠和愛西亞，甚至連愛梅希爾德都在半夜練習啊？」

「我也睡不著，所以就起床跑來地下室，結果發現這裡的燈亮著，一時好奇就跑過來看看了。」

登場的是潔諾薇亞和伊莉娜。

伊莉娜看著我、愛西亞，還有愛爾梅希爾德。她看見愛爾梅希爾德眼中泛淚、紅著臉，好像想到了什麼。

「啊！難、難不成，你們還做了什麼猥褻之事……？」

潔諾薇亞冷眼嘆氣道：

「妳真不愧是情色天使啊，伊莉娜。就連我也不會想到那裡去。」

「夠、夠了喔！我只是不小心這麼覺得而已嘛！不要用奇怪的眼神看我！」

潔諾薇亞說了兩聲「好啦」敷衍過去，撿起掉在地板上的籃球。

「沒辦法。在不會累到影響明天的程度下，大家一起陪愛西亞練習吧！」

伊莉娜也贊同她的提議。

「好主意！其他人嘛……還是別吵醒大家好了。畢竟明天還有重要的比賽。」

說的對。已經睡著的人就讓他們休息到早上吧。

愛西亞也開心地一鞠躬。

「謝、謝謝大家！明天的比賽，還有球技大會，我都會加油的！」

愛西亞和潔諾薇亞輪流對著籃框射球。

「潔諾薇亞同學！在球技大會上我們也不會輸的喔！」

「很好，我們也一樣！要是學生會和神祕學研究社在比賽中碰上了，我們可要熱鬧地一決勝負喔！」

「我是愛西亞同學這邊的！因為我是神祕學研究社的社員啊！」

伊莉娜也站到愛西亞身旁，對潔諾薇亞這麼說。

「唔！好吧。那我就同時打倒愛西亞和伊莉娜！」

而愛爾梅希爾德站到潔諾薇亞身邊說：

「二打一也不太像樣，我來支援潔諾薇亞小姐這邊好了。」

就這樣，她們臨時組隊在地下訓練室打起二對二的來球賽來了。

我帶著微笑觀望著她們時，蕾維兒不知不覺間現身，站到我身邊來。

蕾維兒輕聲說：

「我想在下一場比賽起用愛爾梅希爾德小姐。」

我看著開心地打著籃球的愛爾梅希爾德，同時回應了蕾維兒的發言。

「好啊，說的也是。這樣就對了。她為了改變自己，特地來到我身邊……既然知道了理由，我想為她加油。」

沒錯，一起變強就對了。因為，無論何時，我和夥伴們一直以來都是像這樣克服了無數的困難——

於是，我們加入了「百鬼勾陳黃龍」以及「愛爾梅希爾德．卡恩斯坦」兩名新隊員，準備迎接比賽的日子。

Upsetting sorcerer.1

——杜利歐．傑蘇阿爾多是最棒的天使。

人類世界——歐洲的某個國家。在這個國家的地方都市的偏遠山丘上，有個小小的墓碑。出現在那個墓碑前面的——是排名遊戲第七名，兼「天界的王牌」隊的教練，魯迪格．羅森克魯茲。

他在墓碑前面獻上花——以及玩具機器人。

……在墳墓裡面長眠的，是他最愛的兒子。

魯迪格轉生為惡魔之後，開始在排名遊戲當中大展所長，又過了長久的歲月，才終於生下第一個小孩。

據說和純種惡魔相比，轉生惡魔比較容易生出小孩，但儘管如此，他還是花了相當長久的時間才有了第一個小孩。

好不容易盼來的小孩……卻帶著先天的宿疾。

……如果是有病名的疾病，或許還比較好吧。不只可以靠醫療技術，還有惡魔的妙技、魔法師的術法能用，或許還找得到方式處理。

然而，他的小孩先天擁有的──卻是神器。那個孩子天生對神器的抵抗力很差，神器具備的神祕力量，每天不停侵蝕著那個孩子的身體。

他知道，只要有人類血統，孩子就會有帶著神器生下來的可能性，但是卻沒想到，這種事情會發生在自己的小孩身上，而且偏偏就在這種時候，生下來的是沒有抵抗力的小孩……

神器這種東西既無法胡亂取出，選擇封印又伴隨著死亡的風險。冥界的研究員和醫生做出的診斷，都說那個孩子不會長命。

他的小孩，抱著定時炸彈，誕生在這個世界上──

儘管如此，那還是他好不容易才盼來的可愛孩子。魯迪格和妻子，只想盡可能好好善待自己的孩子。

他想要什麼玩具，夫妻倆都會買給他，身體狀況比較好的時候，夫妻倆就會帶他去他想去的地方。

小孩的身體狀況嚴重惡化的時候，他也曾經辭退重要的比賽。

魯迪格就是這麼愛著自己的小孩──

……然而，生命的期限不斷逼近，醫生也表示那個孩子時日不多了。

……即使在排名遊戲當中留下優秀的成績，受到眾多上級惡魔畏懼，成為原本是人類的轉生惡魔崇拜的對象，卻還是救不了自己的孩子。

魯迪格看著自己日益衰弱的小孩，痛切地感受著，詛咒著自己的無力。

有一天。魯迪格問他的小孩有沒有什麼想要的東西。

他的孩子躺在病房的床上，仰望窗外的天空，不太好意思地輕聲這麼說。

——我想見天使。因為我聽說天界有個叫作鬼牌的天使很厲害。

魯迪格的小孩，喜好與眾不同。他完全沒有理睬最流行的「胸部龍」和塞拉歐格・巴力，反而想見擁有白色羽翼的天使。

正好又是在三大勢力成功結盟的時候。

不久之前，他的孩子的心願還是遙不可及的白日夢，現在卻有希望實現了。

然而，對方是在天界首屈一指的強者，鬼牌杜利歐・傑蘇阿爾多。他也參加了對抗恐怖分子的戰鬥，想必是行程滿檔吧。

而且，聽說教會的設施裡也有和這個孩子一樣因神器受苦的小朋友們，他也是為了那些小朋友而戰……但自己是惡魔。優先度有別。就算是他，也會將教會設施裡的小朋友們放在第一順位吧。

……儘管如此，自己的孩子已經命在旦夕了。魯迪格祈求最後一絲希望，撰寫書信，透過冥界政府寄到天界去。

……即使是排名遊戲的主要人物，自己和天界並沒有任何關係。就連信件能夠送到對方手上的機率，對方願意一讀的可能性，都是趨近於零吧。

魯迪格不抱任何期待。但儘管如此，他還是抱持著至少要盡己所能的想法這麼做了。

——然而，就在信件寄出之後過了幾天。

「哎呀——幸會。聽說有個小朋友想見我，我就飛過來了。」

他來了。他到冥界來了……！

——他願意見自己的孩子。

自己的小孩以崇拜的眼神看著鬼牌。幾乎已經失去生氣的那個孩子，因為他的現身而露出了還很有活力的時候的表情。

之後，杜利歐也是每次有了一點空檔就會過來見自己的小孩。應該還有很多小朋友需要他去探望，應該還有很多工作等著他去處理才對。他完成了所有該做的事情，不惜犧牲自己的時間，也願意帶著笑容來見自己的小孩。而且一次又一次——

魯迪格的小孩，活得比醫生宣告的日子還要久了一點。醫生甚至說這是奇蹟。

……儘管如此，那個孩子還是難逃一死。

但是，自己的小孩離開的時候是一臉滿足。能夠和杜利歐聊天到最後，他應該真的很開心吧。

打算向鬼牌道謝的魯迪格正要開口的時候，看見了那一幕。

——杜利歐・傑蘇阿爾多為了自己的小孩流下眼淚，看起來是那麼不甘心，那麼哀傷。

「……你很想多活一下吧？應該也還有很多想去的地方才對。應該，還想吃更多好吃的東西吧……上帝賜予的神器，卻害你受苦，讓你來不及變成大人就死掉了……真是太沒天理了……」

杜利歐連那個孩子死去的那一刻都陪在他身邊——讓魯迪格感謝的淚水奪眶而出。

——杜利歐・傑蘇阿爾多是最棒的天使。

自己的小孩崇拜的天使，是最棒的鬼牌。

之後，杜利歐表明要參加排名遊戲國際大會。

他表示，他們要獲得優勝，然後許願改善神器系統。他告訴自己，他想搜刮各勢力的神祕，並且運用那些力量來重新審視神器系統，避免這個世界上再次出現因神器受苦的人。

干涉神器的系統，是連天使長米迦勒也遲遲不敢動手的禁忌領域。儘管如此，動用大會的優勝獎品，這應該是個能夠實現的願望才對。杜利歐和轉生天使們一致這麼認為。

——我們不希望再有因神器受苦的小朋友誕生了。

聽見他們轉生天使的這個夙願，魯迪格・羅森克魯茲做出一個決定。下定決心了！魯迪格毛遂自薦要擔任鬼牌隊的教練。

……魯迪格站在自己的孩子的墓碑前面，立誓要獲得勝利。這座墳墓坐落的山丘，面對著梵蒂岡的方向。即使那個孩子是惡魔，身為父親的魯迪格也想讓他盡可能接近他最崇拜的杜利歐，而選擇了這個地方修墳。

「啊，你來了啊，教練。」

魯迪格聽見一個熟悉的聲音，轉過頭便看見杜利歐站在那裡。

重情義的他……一有時間就會到這裡來。聽他說，他不時也會造訪其他小朋友們的墳墓。

杜利歐在魯迪格的小孩的墳前獻上鮮花和玩具，然後表示：

「我覺得一誠老大一定會施展情色招式。」

「原則上，我已經想好對策了。我想，他十之八九會出招吧。他就是『那種』男人對吧？」

「當然，他是個少不了『那種』事物的男人。」

杜利歐笑了。看來他很期待這次戰鬥。

魯迪格說：

「胸部龍小弟很強。至今為止的這一年，是一連串誇張到讓人以為是在開玩笑的歷史性事變。他總是在那些事變的中心。一次又一次跨越生死關頭的他，其實力、功績，都足以讓他被稱為英雄了吧。而且，在他背後支持他的蕾維兒．菲尼克斯的才能也非常高。再過個三十年……不對，有個二十年她就足以在冥界，在排名遊戲業界，成為知名的戰術、戰略高手了吧。」

接下來要對上的對手是強敵。在目前為止對付過的對手當中，無疑是最強的。

「但是，最可怕的，還是赤龍帝的黑色鎧甲。那個型態的砲擊，已經近似神祉引發的奇蹟之類的現象了。毫無防備地中了那招的話，無論是怎樣的隊伍都會灰飛煙滅吧。單純明快到可以用鬼扯來形容的王牌（鬼牌）。光是讓敵隊知道有那招，敵隊就必須在推演遊戲進程的時候有所顧慮。」

那套鎧甲的攻擊，還有敵隊成員的才能都是未知數。即使連細節都調查了，甚至前往他們的住家，連生活的氣氛都掌握了。儘管做到這種地步，他們還是強敵。

——能夠引發奇蹟級現象的人，總是能夠輕易粉碎預測和計算。

自己不像這位鬼牌和赤龍帝那種受到命運眷顧的人。只能不斷準備再準備，準確逮住些微的破綻，藉此打倒對手。

……不過，為了實現己方的願望，無論對手是誰，都只能不停向前衝。

魯迪格問杜利歐：

「儘管如此，會獲勝的——還是我們。對吧，天界的王牌——杜利歐．傑蘇阿爾多？」

「那當然嘍。」

他就像在那個孩子面前的時候一樣，露出燦爛的笑容。

魯迪格將最愛的兒子的照片收進胸前的口袋裡，在心中堅定地發誓。

……好，爸爸知道。你想看這個天使大放異彩的表現對吧？

——杜利歐．傑蘇阿爾多是最棒的天使。

一定要讓這個男人獲勝。這就是魯迪格．羅森克魯茲現在的目標——

Team member.

「天界的王牌」隊．現在的大會登錄隊員

國王——杜利歐．傑蘇阿爾多（JOKER）
皇后——迪特漢．瓦爾德澤米勒（拉斐爾的A：♣）
城堡——尼祿．雷蒙迪（烏列的A：♦）
城堡——劉炳煥（拉結爾的10：♦）
騎士——耶西卡．拉格奎斯特（聖德芬的Q：♣）
騎士——真羅清虎（麥達昶的J：♠）
主教——蜜拉娜．沙塔洛瓦（加百列的A：♥）
主教——葛莉賽達．夸塔（加百列的Q：♥）
士兵×8——從健在的各熾天使之2（deuce）～9（nine）當中選拔八名

※1。除杜利歐、四大熾天使的A三名以外，更換隊員（代表牌）的狀況不算少見。

※2。雙胞胎熾天使麥達昶及聖德芬的A之實力堅強，但由於目前正在出別的任務，將在預賽後期參賽。

※3。另一名JOKER，亦即第二張鬼牌的情報以及參賽與否，目前不明。

Life.4 VS「神聖使者」之戰開始！

然後，到了比賽當天──

我們「燚誠之赤龍帝」隊，在距離比賽開始還有半天以上的時間便來到會場。一方面正好這天學校放假，我們才能這麼早就來會場。

這次的會場，是位於阿斯塔蒂領的「阿傑卡體育場」。這座為紀念阿傑卡·別西卜陛下而建造的體育場相當現代化，每個地方都使用了未知的科技。走廊有掃地機器人到處自動清理，也設置了各式各樣的設施。

休息室也相當寬敞，大到可以讓平常變成人類體型的大型巨人選手在裡面變回原本的模樣也不成問題。事實上爆華也已經變回正常的龍族尺寸了。

順道一提，新隊員百鬼和愛爾梅希爾德也已經換上「燚誠之赤龍帝」隊專用的制服。是為了這天而追加訂製的。

不過，大成這樣反而不知道該怎麼用在別的方面了……地方太大反而讓我靜不下來啊！

也有許多我們的親朋好友來到休息室。

「你要加油喔，一誠！」

九重也為了我們來到這裡……一直和她在一起的奧菲斯和莉莉絲則是在家裡看家。再怎麼說，讓她們跑到外面來也不太好。

「好，九重也要在會場幫我們加油喔。」

在九重之後來到休息室的——

「嗨——一誠。愛西亞和大家也還好吧。」

是我家老爸！我給了他票，結果他真的來了啊！

「老爸！你來看我們的比賽啊？」

「是啊，我們家的兒子女兒們有重要的比賽，當然要來觀戰。不過來到惡魔的世界還是讓我覺得很奇妙就是了。」

老爸他們從兵藤家地下的魔法陣轉移過來，這種事情我也還無法適應。

老爸不太好意思地說：

「其實，我本來覺得要是害你們莫名緊張，影響到比賽的話反而不好，就連比賽前要不要來見你，都一直猶豫到最後一刻才決定。」

「……老媽呢？她還是不想來嗎？」

我給的是雙人套票，但是沒看到老媽的身影。

老爸嘆了口氣說：

「唉，你就饒了你老媽吧，一誠。雖然說是比賽，但畢竟是自己的寶貝獨生子要和別人互毆。你老媽看起來很有膽識，但對這種事沒什麼抵抗力。而且就連愛西亞和其他在我們家借住的孩子們都要參加這樣的競賽。要你老媽直接在現場觀戰，她的精神怎麼受得了。」

「……嗯，她在家裡也問過我好幾次這個遊戲到底安不安全。她是沒有反對……但是從反應看得出來，她不是很高興。」

莉雅絲也這麼對我說過。

——兵藤媽媽是普遍的一般女性。

……她不像我們一樣在非人者的世界經歷大風大浪，精神受過相當程度的鍛鍊。是個隨處可見的普通「媽媽」……所以，她大概不想看見自己的小孩受傷吧。

……儘管如此，我還是希望自己的父母可以看見我在遊戲裡面戰鬥的表現……

老爸見我有點失望，開口鼓勵我：

「如果是錄影的話，你老媽好像不時會瞄個幾眼，說不定過一陣子就會願意來觀戰了。好了，今天我會連你老媽的份一起幫你加油，你可要展現出帥氣的一面喔！」

「好，包在我身上！雖然對手是強敵，不過我和愛西亞他們都會拿出最好的表現來！對吧，愛西亞！」

我向愛西亞尋求同意，她也氣勢高昂地舉起手說：

「沒錯！我想好好表現給兵藤爸爸看！」

在這樣的家人交流當中，時間依然不斷流逝——終於到了選手進場的時間。

我們——我、愛西亞、潔諾薇亞、伊莉娜、蕾維兒、羅絲薇瑟、維娜、爆華、新隊員百鬼和愛爾梅希爾德，都已經完成準備了。

愛爾梅希爾德看起來有點緊張。

「雖然妳是第一次出賽，不過我很期待妳的表現，我也會支援妳的。」

聽我這麼說，她以微微顫抖的聲音表示「好、好的！」，同時點了點頭……即使是她，也會被這座體育場的熱氣，或者說被大會的氣氛所震懾啊。

蕾維兒說：

「好了，時間到。我們走吧。」

我們離開休息室，前往運動場。

觀眾們近似怒吼的歡呼聲已經傳進耳中，無關我的意願，情緒擅自興奮了起來。這種氣氛我也經歷過好幾次了……我不曾因此怯懦，反而是情緒會不斷高漲。

在和大家一起前進的路上，我們在走廊上遇見了對手「天界的王牌」隊的各位。我們雙方互相保持一段距離，一起在通往運動場的寬敞通道上前進。

在入口前方等待播報員叫到我們的名字的時候，杜利歐跑來找我說話。

「一誠老大，體育場裡坐滿了『胸部龍』的支持者呢。」

杜利歐從入口看著體育場內的狀況……觀眾席上滿滿的都是拿著我的周邊商品和加油旗的支持者。

隨著我們在大會上不斷累積著勝利，支持者好像也越來越狂熱了。

杜利歐指著觀眾席的角落。那裡坐了一群舉著「天界的王牌」的加油旗，以及拉著加油布條的小朋友們。

「不過，我們的支持者也來了喔。雖然坐在體育場的角落，人數也不多。」

的確，和我們的支持者人數比起來，他們只有一小群……但儘管如此，杜利歐看起來還是很滿足。

「不過，已經夠了……那些孩子們的聲音可能會被一誠老大的支持者的加油聲蓋過去，我的天使夥伴們都這麼說——但我相信沒有這種事情。如果一誠老大的立場和我相同，也會這麼覺得吧？」

「——是啊，那當然。無論是一群人，還是一個人的加油聲，都一定傳達得到！」

我不假思索地這麼回答，杜利歐便露出開心的笑容。

杜利歐問我：

「……一誠老大，比賽前我可以問你一個問題嗎？」

「可以啊，儘管問。」

杜利歐看向在離我們稍遠的位置等待入場的愛西亞。

「如果，愛西亞可以過一般修女的人生，會不會比現在還要幸福呢？——你有沒有想過這種問題啊？」

「當然有啊，不知道想過多少次了。我也埋怨過聖經之神、天界，還有教會。」

這個問題，我從去年就一直在想。可是，時間無法回頭。愛西亞本人也在拚命想好好地過現在的人生，而我和我的夥伴們也都支持著她，不讓她感覺到任何匱乏。

杜利歐又問：

「反之，愛西亞現在的人生——身為惡魔的生活，說不定比原本是人類的時候還要幸福，你也有這麼想過嗎？」

「——我隨時都希望是這樣，而且為了實現這樣的期望，讓愛西亞得到幸福的作戰計畫目前也是現在進行式。」

為此，我一直很重視愛西亞，一直在保護她！

杜利歐凝視著觀眾席，同時表示：

「因為神器的缺陷，而喪失了身為信徒的人生——可是，也就是因為那個缺陷，才有現在的生活方式……在日本過著一般女生的學生生活……在神器系統有缺陷的前提之下，對於愛西亞而言的正確答案是什麼？愛西亞現在的想法作為處理系統缺陷的解答究竟是對是錯？關於這個問題，祐斗和托斯卡，小加和瓦雷莉，還有西迪眷屬的那些孩子們也都一樣。缺陷導致了不幸，經歷不幸轉而得到現在的生活方式……可是……得不到新的生活方式，就這麼去了遙遠的天空彼方的孩子們還是壓倒性的多數。」

我隱隱約約，可以猜到杜利歐、轉生天使隊想要的優勝獎品是什麼了。那就是，杜利歐一直很掛念的事情。

「杜利歐，我——」

我正打算對杜利歐這番話有所回應的時候，他卻向前伸出手，搖了搖頭。

……他以肢體動作表示，我不需要說出這句回應。

「……一誠老大只要成為愛西亞的正確答案就好了。這是我、我們所要追求的答案。」

杜利歐對我伸出拳頭。

「我們會贏的，一誠老大。不對，赤龍帝。我們要打倒你。」

……這樣啊，杜利歐他們只想把「那個」當成自己的目標啊。他不希望我們有所顧慮，要我們朝向自己的夢想向前邁進，他是想這麼說吧。

我也回應了他的動作，伸出拳頭，在他的拳頭上敲了一下。

「不，會贏的是我們。無論我懷抱著怎樣的夢想，無論杜利歐擁有什麼願望，既然要比賽就該全力以赴，這才是禮儀……至少，之前和我對戰過的戰友們都是這麼教我的。」

「這會是一場精采的比賽吧。」

我們對彼此露出鬥志高昂的笑容。

接下來我們就要對戰了，可是你要記住這件事，杜利歐。

——只要杜利歐你們需要我們的幫助，我們隨時都願意伸出援手喔。

因為，我們是戰友又是夥伴嘛。

確認了這件事之後，我們對抗「天界的王牌」隊的比賽終於要開始了。

—○●○—

『好了，現在請選手入場————！』

在播報員的催促之下，我們依序來到運動場上。

「胸部龍————！」

「陷陷陷陷呀————啊！」

觀眾席到處傳出支持者的吶喊聲。

哎呀——真的很感謝大家。這樣我的氣勢就更加高昂了。

兩支隊伍在運動場中央排成一列……理所當然的，對方的教練魯迪格不在這裡。因為教練不可以到運動場裡面來。魯迪格應該在比賽之前就將作戰計畫以及戰術交給選手，然後在體育場內的某處觀望這場遊戲吧。

遊戲開始之前照例要介紹解說員。

播報員開始介紹解說員。

『今天的解說員請到的是——本次大會的主辦人之一，魔王阿傑卡．別西卜陛下！別西卜陛下，今天還請您多多指教。』

啊——！是真的！別西卜陛下坐在解說員的位子上！對喔，阿斯塔蒂領是陛下的故鄉，體育場也冠上了陛下本人的名諱，請陛下來的可能性原本就非常高！

『好的，我非常期待今天的比賽。』

別西卜陛下簡潔的如此回應。明明是現在唯一一位魔王，陛下卻非常積極接下各種工作呢。

播報員繼續介紹：

『其實，這次我們還請到另外一位來賓！歡迎五大龍王之一，也是「燚誠之赤龍帝」隊的愛西亞．阿基多選手的使魔，黃金龍君（Gigantis Dragon）法夫納先生！』

——！竟是內褲龍王！正如播報員所說，一隻巨大的黃金龍端坐在解說員的座位上。

『……本大爺，只會為小愛西亞加油。』

牠如此回應……這是怎樣。為什麼剛復活的你會坐在那裡啊！別西卜陛下配上內褲龍王是哪門子組合啊！

播報員聽見法夫納的發言點了點頭。

『原來如此！真是太令人期待了！啊，請不要拿內褲出來！不可以！別、別這樣，在國際大會上突然拿出貼身衣物真的不行啊，法夫納先生！』

法夫納那個傢伙冷不防地打算拿出愛西亞的小褲褲！

啊啊啊啊啊啊啊啊，我們家愛西亞妹妹因為太過害羞，雙手掩面，當場癱坐下來了！幹嘛在比賽前影響我們隊上的選手的心情啊！

播報員嘆了口氣，繼續說明：

「……順、順道一提，法夫納先生也是愛西亞・阿基多選手的使魔，所以有必要的時候可能會離開這裡，轉移到領域當中，還請觀眾席上的各位，以及電視機前面的各位觀眾多多見諒！」

——我可無法見諒喔！為什麼法夫納會在那裡啊！當、當然，要是愛西亞陷入危機了，牠大概是會趕過來啦……

順道一提，如同排名遊戲的職業賽，國際大會對於使魔的使用也有所限制。之前也說明過，要是對使魔沒有限制的話，就會演變成雙方叫使魔代替自己戰鬥的使魔大戰了。使用時必須先想清楚再用才行。

『那麼，「燚誠之赤龍帝」隊以及「天界的王牌」隊雙方選手已經到齊，現在要開始轉動決定比賽項目的輪盤了！』

在體育場的巨大螢幕上，決定這次比賽項目的輪盤開始轉動。各種比賽項目的名稱旋轉到令人看不清——然後，終於決定了。

出現在顯示器上的——是寫著「鬥球賽」的惡魔文字。

『決、決定了——！「燚誠之赤龍帝」隊對上「天界的王牌」隊的對戰項目，是「鬥球賽」！』

播報員如此大喊，會場變得更加激動了。

……是這個項目啊，這下子情勢要大亂了。今天的戰況瞬間變得詭譎不定了起來。

我身旁的蕾維兒也是一臉凝重。

「……沒想到偏偏是這個……！」

潔諾薇亞似乎記得什麼，這麼問蕾維兒：

「我記得這個項目是球類競賽對吧？」

「是的，妳說的沒錯，潔諾薇亞小姐。這是雙方搶球藉以得分的比賽。」

播報員開始說明比賽項目。

『規則非常簡單！這是雙方隊伍要趕往出現在廣大遊戲領域某處的球框，將球投進球框裡面的競賽！』

將廣大的領域當成西洋棋盤分區這點，和「標的物破壞賽」等項目一樣。比方說球框出現在c４的話，兩隊就要一邊爭球，一邊趕往該地點，先將球投進球框裡的隊伍得分。

播報員接著說：

『分數以將球投進球框的選手的棋子價值為準。比方說，價值為「騎士」一顆的選手攻門成功，該隊可以得到的分數就是「３」分！價值為「城堡」一顆的話，就是「５」分！該由誰攻門也是重點之一！』

分數最高的是「國王」的10，再來是「皇后」的９，所以要攻門的話，由我或是維娜投球可以得到比較高的分數。

……不過，當然也不可能那麼容易搞定就是了。對方知道這一點，也會阻止我們攻門，有機可乘的時候杜利歐也會設法攻門。

播報員繼續說明：

『在得分之後，球框就會當場消失。下一個球框將隨機出現在領域當中的某處，雙方選手必須再次一邊爭球一邊前往該處，就是這樣的競賽！』

伊莉娜問蕾維兒：

「球框出現的地點可以立刻得知吧？」

「是的，這項競賽專用的道具會告訴我們球框出現在哪裡。選手必須一邊爭球，一邊趕往球框，在領域上到處奔走。問題在於……體力管理。」

沒錯，正如蕾維兒所說，這是必須重視體力的競賽。畢竟，這項競賽必須趕往球框，得分之後又得再次搶先抵達下一個球框才行，並且在限制時間內不斷重複這樣的過程。換句話說，這是一種要一直跑的競賽。

我記得，蕾維兒和莉雅絲都對我說過，這是最痛苦，最需要忍耐力的競賽。

播報員繼續說明規則：

『在這種競賽當中，即使選手彼此衝突，其中一邊被擊倒，也可以在過了一段時間之後回到領域當中！換句話說，實際上形同不會因為負傷而遭到淘汰！』

這項競賽，不會因為受傷而遭到淘汰。被打倒了，也可以立刻回到場內。只要體力沒有耗盡，無論幾次都可以回到領域當中。因此，打倒對手並非勝利的絕對條件。因為打倒敵隊選手就連分數也得不到。

潔諾薇亞嘆了口氣說：

「……不會因為受傷而遭到淘汰，就表示勝負取決於體力嘍。」

蕾維兒點了點頭。

「平常的淘汰是因為負傷而離場、棄權，但是這個項目即使在爭球的時候打倒了對手，對手也可以立刻回場。只要沒有在途中耗盡體力，就不會遭到淘汰。」

百鬼苦笑。

「……要一邊爭球，一邊滿場跑，直到時間結束啊。沒想到第一場比賽就突然碰上這種狀況呢。」

維娜開口說：

「因此需要控管體力。這是比單純打倒對手還要難上許多的競賽。即使是實力堅強，威力足稱凶惡的選手，也會因為調整體力失敗，在比賽當中耗盡體力，被排名較低的對手拉開分數差距的狀況，在排名遊戲的職業賽當中也很常見。」

……各自的必殺技要用在什麼地方，會是勝負的關鍵吧。問題在於，就算用了必殺技，能否收到決定性的成效也是未知數。因為最重要的還是得先攻門成功才行——

說明完競賽內容之後，播報員表示：

『那麼，兩隊即將轉移到戰鬥領域！「D×D」的惡魔代表和天使代表互相衝突的一戰！非常值得期待！』

在會場的歡聲雷動當中，我們的隊伍和杜利歐的隊伍逐漸被籠罩在轉移之光當中——

我們轉移到的地方——是空無一物的純白色空間。

……這裡和我們經常用來訓練的那個地下空間非常相像。我們拉開一段距離，排好隊形。我也迅速變成鮮紅色的鎧甲。

蕾維兒出言確認：

「這次，我們調整了部分隊員擔任的棋子。原本是『士兵』的爆華先生擔任空著的『城堡』，新加入的百鬼先生和愛爾梅希爾德小姐各自擔任『士兵』。」

我們原本就空了一個「城堡」的位置，所以這次請爆華補上那個空缺，「士兵」8顆份當中「5」交給百鬼，「2」則是愛爾梅希爾德。

我們討論了很多，最後大家商量出的結果，目前在全員上場的狀況下最能夠發揮功能的就是這個配置了吧。

這次的裁判的聲音在領域當中響起。雖然不見人影，不過大概在某個地方看著我們吧。

『那麼，在比賽開始之前，主辦單位將提供給雙方隊伍能夠投影出領域配置圖的裝置各兩個。』

說完，我們附近閃現一道光芒，營運單位傳送了兩個看似手錶的裝置過來。我和蕾維兒立刻戴到手腕上。

我試著操作了一下——這個領域的全體配置圖便投影到半空中。領域像西洋棋的棋盤一樣分成8×8的區塊。球框會隨機出現在這些區塊當中的一個是吧。

要是出現的地點先後是最邊緣和另外一邊的最邊緣……真不知道得消耗多少體力。完全無法預測這些就是這項競賽最可怕的地方。

這個空間當中沒有任何東西，所以視野寬闊又可以隨意大顯身手，但相對的也沒有東西可以當成障礙物或是用來躲藏，算是有好有壞吧。

裁判說：

『「燚誠之赤龍帝」隊與「天界的王牌」隊的比賽即將開始！時間限制為兩個小時！球會出現在一開始的球框旁邊。在限制時間內得到較多分數的一方獲勝！特定地點設有給水站，補充水分也是重要的關鍵之一！那麼，比賽開始！』

比賽開始的警笛聲響徹整個領域。

我和蕾維兒確認了投影裝置——e4區塊不停閃爍，顯示第一個球框出現在那裡！顯示地點大約是領域的正中央。

我們目前所在的區塊是d1。杜利歐他們在e8。雙方正好位於兩個極端，接下來要前往的，是幾乎位於雙方正中間的球框，完全就是先搶先贏的第一次攻門！

「大家，一開始是e4！我們衝吧！」

『是！』

在我的號令之下，所有人朝向球框衝了出去！既然球也在第一個球框旁邊，就表示真的是先抵達的隊伍可以占上優勢。

有人在空中飛行，有人在地上高速移動，大家各自以自己的移動方式衝向球框。愛西亞不擅長像這樣的高速移動，所以召喚出邪龍四兄弟當中腳程最快的一隻，騎在牠背上。

愛爾梅希爾德也把自己變成蝙蝠，以飛行的方式移動。

途中，羅絲薇瑟表示：

「我來施展提升體能的魔法！」

——說完，她對我們施展了魔法，提升我們飛行、跑步的速度。

就像這樣，在空中移動不到一分鐘，一個閃耀著金色光芒的巨大圓圈出現在前方。

那就是球框嗎！把球投進那個圓圈中央就可以得分！

最重要的球——就在距離球框稍遠的位置，有個金光閃閃的球狀物體漂浮在那裡。那就是球！大小和籃球差不多吧！

「任何人都可以！拿到球之後立刻投進球框裡！」

『收到！』

大家都氣勢十足地回應我！當然，既然看見球框和球了，我也加快速度，拉近距離。

就在我們即將抵達的時候——不應該有任何天氣變化的這個領域，忽然冒出烏雲！

我立刻想通是怎麼回事！是杜利歐的神器！那個可以操縱天氣！他就是用那個製造出烏雲來的吧！他想操控天氣，藉以妨礙我們前進嗎！

不出所料，烏雲變成了雷雲，在領域當中降下伴隨著雷電的傾盆大雨！

冰冷的雨滴打在我們身上。時間不長的話沒什麼了不起，但要是時間限制內都得這樣淋雨的話，光是這樣就會消耗體力！

光是閃躲雷電也會喪失體力！但是，如果遭到雷擊的話也會觸電、受傷！

我的夥伴們在受到豪雨侵襲，閃躲雷電的同時，仍然盡力想要拿到球——就在這個時候，一隊被包在肥皂泡泡裡面的天使現身了！

——！那是杜利歐的能力！他為每個隊員都製造了肥皂泡泡，抵銷天氣的影響嗎！畢竟是同一個持有者的能力，當然可以抵銷了！

先拿到金球的——是潔諾薇亞！不愧是我們的「騎士」！

她一隻手拿著杜蘭朵，另一隻手抱著球。這時，一名天使朝她衝了過去！

「天使————隊長————！我要上了，潔諾薇亞！」

是穿著美漫風格英雄服裝，戴著面罩的，烏列先生的A——尼祿！

「是尼祿啊。球可不會交給你！」

「不，我要定了！」

潔諾薇亞和尼祿之間展開了壯烈的金球爭奪戰。尼祿從潔諾薇亞手中搶到球，潔諾薇亞便立刻搶回來！她揮出杜蘭朵，尼祿便躲開；尼祿踢出刁鑽的踢腿，潔諾薇亞也翻身閃過。

為了搶球展開的攻防戰，比預料中的還要激烈。

其他天使們也跟著趕到，牽制我們，又或者是跟著我們緊迫盯人。

盯著我的──是杜利歐。待在抵銷天氣的肥皂泡泡裡面的杜利歐對著我笑了一下。

「開始了呢，一誠老大。」

「是啊，我不會輸的。」

在這場比賽當中攻擊並非絕對必要。最重要的，就只有球的去向。

「潔諾薇亞，傳球！」

在我的指示之下，潔諾薇亞將球──丟給了附近的爆華！爆華順利接住，但是尼祿立刻切換目標，高速逼近爆華！

「唔！」

爆華反射性地舉起巨大的腳想踢飛尼祿，但是……

蕾維兒見狀，立刻大喊！

「——！爆華先生，不可以胡亂攻擊尼祿先生！」

正如蕾維兒所說，挨了爆華一腳的尼祿身上發出藍白色的光芒！感覺他身上的氣焰也變得更劇烈了。

「……你的攻擊相當不錯啊，巨龍！不過，我要感謝你的攻擊！」

對於爆華的踢腿，尼祿回以感謝的話語。

這當然是有理由的，就是尼祿的神器的特性。

蕾維兒說：

「……尼祿先生的神器是『聖者的試煉（sturdy saint）』。遭受攻擊，防禦力便會上升。只要持有者沒有倒下，效果就會持續下去。換句話說——」

尼祿每次挨打就會變得更耐打！雖然很單純，但是基礎能力夠高的人有了這種能力，只有威脅性滿點可以形容了！

「不只是這樣喔——！史特拉達大人直傳——」

尼祿將神聖波動集中到拳頭上，一口氣朝爆華打了出去！

「聖拳——！」

爆華正面中了拳頭的神聖波動，放開了球！

成功打擊對手的尼祿放聲大笑。

「哈哈哈！我『天使隊長』最大也是最強的武器，就是鋼鐵般的肉體，以及神聖的拳頭了！」

趁尼祿在笑的時候，百鬼迅速撿到球，一鼓作氣衝向球框——

「——上吧！」

然後把球塞了進去！

領域上空冒出數字，原本顯示為「0－0」——現在變成了「5－0」！——搶先進球的是我們！

『得分——！先馳得點的是「燚誠之赤龍帝」隊的新人，百鬼選手！得分依照百鬼選手的棋子價值數為5分！』

攻門成功之後，球歸得分隊的選手所有，在百鬼撿回球之後，隨著比賽再次開始的警笛聲，我們再次開始爭球。

此外，投影裝置上也顯示出下一個球框，我們一面死守著球，一面開始朝球框移動。

就像這樣，我們展開了地獄般的體力消耗戰——

在開場的第一次進球之後，我們不斷爭球、來回傳球、雙方各有得分，重複了好幾次這樣的搶分賽，目前的比數是「88－85」，我們勉強領先……

但是，我們所有人都氣喘吁吁。明明時間限制還過不到一半，但是在廣大的領域當中到處奔馳，不斷爭球，讓我們著實消耗了不少體力。而且，杜利歐不時還會出手改變天氣，所以我方在體力上的耗損比起對方還要顯著。不僅如此，補給水分的時候，對方有杜利歐直接將雨水送進同隊選手的嘴裡，還不需要到特定地點去喝水。杜利歐的能力真是太方便了！

現在，為了投進下一球在球框前爭球的，是伊莉娜和真羅家的真羅清虎。單手拿著聖劍的伊莉娜和手拿靈刀的清虎一面揮灑汗水，一面揮舞武器，同時爭奪著金球。

為了隨時應接傳球，我們一面調整位置，一面掌握距離……然而，天使們的動作似乎有什麼古怪。迪特漢、蜜拉娜、尼祿、杜利歐等人似乎以某種特定的隊型就定位了……

蕾維兒也察覺到這個狀況，極度防備著他們的動作。

然後，伊莉娜搶到球，接近了球框──

就在這個時候，迪特漢、蜜拉娜、尼祿、杜利歐四個人大喊！

「「「「五條──！」」」」

瞬間，迪特漢、蜜拉娜、尼祿、杜利歐，還有伊莉娜的身上都發出劇烈的光芒！這是轉生天使發動特性時的現象！

播報員吶喊：

『什麼！天使隊身上正在發光！這就是傳說中轉生天使發動的聯合攻擊嗎！啊──！明

明分為敵我雙方，但是天使隊——和赤龍帝隊的紫藤伊莉娜選手卻發生共鳴了！』

沒錯，促成這次發動的成員，雖然不同隊——但是伊莉娜也包括在其中。完全沒有防備的伊莉娜也只能備感驚訝。

然而，杜利歐他們像是早已知道這個結果了似的，以轉生天使的特性提升體能，憑藉令人難以置信的神速從伊莉娜手上搶走球，並且由杜利歐順勢攻門成功了！

『直接得分——！發動轉生天使的卡牌(card)效力的投球！強烈無比！』

播報員大吼。

……我們只能為之愕然。伊莉娜……被敵隊利用來發動特性了！他們那種奇妙的走位，也是為了順利實現這招嗎！

伊莉娜本人受到的震撼更是難以言喻。以結果而言，要她別因為協助敵隊而自責也很難吧。

……「五條」，是聚集四張同樣的數字，再用鬼牌湊成第五張的牌型(suit)。而且，我記得極為強大。

……可以那麼輕易攻門成功也不足為奇了……

我們還沒回神。播報員問向別西卜陛下：

『不過，別西卜陛下。剛才好像不只天使隊的選手們，就連赤龍帝隊的紫藤伊莉娜選手都發動了卡牌的特性了呢……？』

『嗯。我想，儘管是出其不意，不過恐怕是由兩隊選手共同達成了發動卡牌特性的條件了吧。雖然隊伍不同，他們仍然同是轉生天使。』

對此，杜利歐咧嘴笑了。

「該怎麼說呢，即使不同隊，只要『想攻擊』、『想防守』的想法是一致的，就能勉強湊齊卡牌的發動條件了吧。」

……還有這招喔！應該說，他們知道有這招？伊莉娜看起來好像不知道啊……他們之間的差別是什麼？有人告訴他們這種特性嗎？

我赫然驚覺。

——魯迪格．羅森克魯茲。

……是他將這招加入戰術當中的嗎……？他原本就知道這招會不會發動嗎？

……可惡，這種招數我們要怎麼事先防範啊！

播報員再次詢問別西卜陛下：

『這算是不正常啟動嗎？』

『不，兩隊選手同樣帶著純粹的心情專注在攻擊和防禦上。雙方都秉持著為自己的隊伍而戰的意念在領域當中四處奔波。這場比賽中，大概沒有一絲邪念吧。如果有的話，剛才那種現象也不會發生……或許可以說，正因為他們彼此都不肯退讓，才會發生那種現象。』

別西卜陛下如此評述。

「……使用撲克牌的特性，這點我們早就料到，但沒想到居然能夠用這種方式來發動轉生天使的力量……」

蕾維兒也是一臉因為被擺了一道而心有不甘的表情。

「……這樣一來，伊莉娜的行動會更加處處受限……！」

聽我這麼說，蕾維兒一臉苦澀地點了頭。

「是的。轉生天使的力量會遭到利用，這一點成了她的心理陰影……效果極其強大。伊莉娜小姐的精神上多了一副重擔。」

我看向伊莉娜。她——看起來打從心底受到打擊，臉色相當蒼白。

……看來剛才那招震撼了伊莉娜的精神。

我來到伊莉娜身邊，摟住她的肩膀鼓勵她。

「……一誠，對不起。我、我……」

「別放在心上……不過就算我這麼說，妳也不可能就這麼毫不在意吧，可是遊戲還沒結束。打起精神再上吧。放心，有大家在！當然，也有我在！」

我對她笑了一下，試圖讓她安心。那不是伊莉娜的錯。如果我們能夠多加協助伊莉娜，或許就可以避免剛才那種情況發生了。

……而且，只要大家一起度過這個難關就可以了。

「我們會贏的，伊莉娜。」

「嗯！」

聽伊莉娜堅強地這麼回應，我也重新提振氣勢。

……呼吸越來越急促了。得分是——「８８－９５」，我們終於被追過了。

在遭到逆轉的這個時候，比賽還剩下一半要打——

Upsetting sorcerer.2

當一誠同學的隊伍和「神聖使者」的隊伍正在比賽的時候，我——木場祐斗和夥伴們（吉蒙里隊的各位）跟著莉雅絲姊姊前往某個地方。

目的地是相關人員專用的觀戰室。

莉雅絲姊姊看到了她想找的人。對方也發現我們，對我們投以笑容。

「還真是意外的訪客啊。」

莉雅絲姊姊站到那個人——那名男子身邊。

「貴安，魯迪格・羅森克魯茲大人。我們可以和您坐在一起嗎？」

男子——魯迪格先生以手勢表示「請坐」，邀請莉雅絲姊姊坐到他身邊。我們其他隊員也在他們兩位附近坐下。

透過螢幕，正在上演的是一誠同學的隊伍，和杜利歐先生的轉生天使隊伍之間激烈的搶分大戰。

分數——是杜利歐先生的隊伍比較多。

莉雅絲姊姊一邊看比賽，一邊問道：

「魯迪格大人，方便請教幾個問題嗎？」

「我只能回答我方便說的事情。」

「……剛才伊莉娜的那個狀況，是您事先盤算好的嗎？」

莉雅絲姊姊原本在別的觀戰室看比賽，但是看見剛才轉生天使發動特性時牽涉到伊莉娜同學之後表示「……這下子我務必要直接見他一面了」，便移動到這裡來。

她一定是認為那招是魯迪格先生做出的指示，好奇他有什麼意圖，所以過來問他真正的想法和戰略吧。

魯迪格先生意味深長地笑了。

「呵呵呵，這個嘛，只要知道轉生天使的特性，一開始就應該將那招列入作戰計畫當中了吧。但是，那並非我是先盤算好的。只是，如果碰上滿足那種條件的局面，一定要藉此得分，令紫藤伊莉娜為之動搖——我不過是這麼建議罷了。」

「……原來如此，如果一開始就打那種如意算盤的話，心中便會產生邪念，或許無法發動。既然如此，就只能侷限在提出這種可能性的程度，是吧……對於一誠他們而言算是運氣不好嗎？不對，既然都是天使，又秉持著純粹的心情在領域當中四處奔馳，或許很有可能發生個一次……」

魯迪格先生輕笑。

「這種狀況，大概很難發生第二次吧——不過，有一次就夠了。只要能夠在她心裡的某個角落種下些許不安即可。精神上的壓力，會從根本影響體力。一直抱持著不安直到終場(end game)，想必相當辛苦吧。」

正如他所說，畫面上的伊莉娜同學雖然還在行動，但是動作看得出有點僵硬，不時也因為這樣被趁隙搶走手上的球。

要是行動太不謹慎，很可能再次被利用來發動特性——她必須抱持著這樣的不安，繼續在領域當中戰鬥啊……

而為了支援這樣的伊莉娜同學，同是「騎士」的潔諾薇亞試圖發揮兩人份的作用，將自己的行動增加到兩倍，對付杜利歐先生的隊伍。

看見這個狀況，魯迪格先生諷刺地笑了。

「潔諾薇亞．夸塔，是獨自行動也很強大的選手。基本上應該叫她負責進攻，剩下的就由她自由發揮比較好。她自己應該也是一心這麼認為吧。但是，她這個人，只要同伴的狀況不佳，就會為了支援而做出超乎必要的行動。當然，她也有那個本事辦到——然而，要做的事情變多，也會跟著產生可趁之機。」

潔諾薇亞再次為了協助伊莉娜同學增加了自己的行動，擴大守備範圍——但是破綻也跟著擴大，持球的選手便抓準這個機會，突破了防線。

『轉生天使隊再次得分——！』

於是丟了分數。

魯迪格先生看著這個狀況，似乎覺得是理所當然。

「看吧，為了彌補紫藤伊莉娜反應不及的部分而行動，便產生了些許破綻。」

魯迪格先生將手肘抵在椅子的扶手上，拄著頭說：

「聽說潔諾薇亞．夸塔在日本的高中擔任……那個叫作學生會長是吧，聽說她擔任那個職位。她的責任感想必變得比前還強，視野也變得更為廣闊，我想這是錯不了的。也因為這樣，她原本專注在攻擊上的強項也變得容易產生破綻。正因為她自己沒有察覺，從客觀角度看來更是明顯。」

的確，遊戲中的潔諾薇亞很仔細觀察同伴的狀況，時常出手協助或傳球。和以前的潔諾薇亞相比，要做的事情可以說是多上許多。

……然而，正如魯德格先生所說，這也可以說成她無法專注在攻擊上。

莉雅絲姊姊瞇起眼睛。

「……潔諾薇亞在個性上的變化也難逃您的法眼是吧。」

接著，在螢幕當中陷入苦戰的，是一誠同學的臣子，爆華先生。

為了設法搶到球，他到處移動，不時吐火——但天使們徹底忽略他的動作，不怎麼理會他。

光是這樣看就知道爆華先生越來越焦躁了。

看見這個狀況，魯迪格先生表示：

「爆華．坦尼為兵藤一誠而心醉，一心想展現自己的實力，展現現在的自己給優秀的兄長和父親看，而有急功躁進的傾向。奉兵藤一誠的指示行動卻沒有收到成效的時候——更是難掩焦躁，變得更加急於建功。這種時候經過兵藤一誠和伙伴們的安撫，他表面上會順從，但是……」

在蕾維兒小姐的安撫之下暫時平靜下來的爆華先生……還是繼續遭到天使們忽略，變得更加憤怒，連續吐出火焰，最後妨礙了夥伴們的行動。

於是一誠同學他們又因為這個空檔而掉分。

魯迪格先生搖了搖頭。

「就會像這樣一股勁地蠻幹，妨礙同伴。然後，會在他心頭盤旋的，只有對自己的無力感。對於自視甚高的龍族而言，這種情緒——最為難耐。」

在比賽進行的過程中，不時有微弱的光芒籠罩住天使們的身體，同時因為爭球而受的傷便隨之痊癒。

這就是四大熾天使之一，拉斐爾大人的Ａ，迪特漢．瓦爾德澤米勒先生的神器——「救護聖人帶來的再起（holy resuscitation）」。事先對目標發動能力之後，過了一定時間，或是受傷的時候，就會自動發動恢復效果。

此外，禁手——「十四救護聖人帶來的救濟（fourteen holy salvation）」，有效範圍和能夠治療的症狀的範圍據說都會大幅提升。對象是信徒的話，聽說甚至能夠治癒重病。

當然，一誠同學隊上的重心愛西亞同學也發射恢復之光，殷勤地治療著夥伴們。

羅絲薇瑟小姐也以魔法準確地協助著伊莉娜同學、潔諾薇亞、爆華先生他們，所以還沒演變為最壞的事態。

比賽時間也過了一半以上，大概是因為跑遍整個領域的關係吧，雙方選手都上氣不接下氣，看起來很痛苦的樣子。體力消耗方面是一誠同學的隊伍比較劇烈。

螢幕上出現了蕾維兒小姐的身影。大口喘著氣的她肩膀上下移動，背上的火焰翅膀也變小了。

魯迪格先生說：

「在夥伴的狀況不如平常的狀況下，身為軍師的蕾維兒．菲尼克斯的腦袋更是一刻不得閒，不僅肉體，就連精神也逐漸耗損。」

儘管得到了這種評語，蕾維兒小姐的眼神依然銳利，在攻防來到球框前的時候仍仔細觀察著兩隊的動向，並且指示同伴，避免被對手奪分。

這時，蕾維兒小姐好像發現了什麼，放聲大喊：

『維娜小姐，請閃躲！』

她出聲要戴著面具的「皇后」——維娜・雷斯桑閃躲。維娜小姐似乎也察覺到某種氣息，看向地面。瞬間，一把特大號的光之長槍從下方刺穿大地，以超高速射了出來。

維娜小姐躲是躲過了……

在有點距離的位置，加百列大人的A——蜜拉娜・沙塔洛瓦小姐，露出一臉遺憾的表情。

『……失手了。』

聽說她是使用光力的高手，實踐了各式各樣的使用方式，就連像剛才那樣從地面射出光之長槍的使用方式也辦得到。

能夠輕快地躲過那招的維娜小姐也相當令人驚訝就是了……這時，維娜小姐身上產生了變化。她的面具冒出裂痕，隨著一個清脆的破碎聲裂成兩半。

在現場露面的——是有著一頭亮麗銀髮，年紀和我們差不多的美少女。

對此，攝影機聚焦過去，播報員也興奮了起來。

『什、什、什、什麼————！維娜選手的面具裂開，露出真面目來了————！身分成謎的赤龍帝隊「皇后」的真面目，竟然是如此惹人憐愛的美少女，太令人驚訝了！』

在我身旁有人對這件事做出激烈的反應——是莉雅絲姊姊。

她當場站了起來，瞪大眼睛，啞口無言。接著立刻變得一臉凝重——然後又變得一臉哀傷。

維娜小姐從手邊的小型魔法陣拿出備用的面具，若無其事地再次戴上面具。

蕾維兒小姐順了順呼吸，再次表示：

『請小心蜜拉娜・沙塔洛瓦小姐的光力！她獲選為加百列大人的A的理由——是光力的密度！』

對此，杜利歐先生驕傲地表示：

『嘿嘿，蜜拉娜的攻擊之濃密，即使是最上級惡魔，毫無防備地中招也會融化呢。濃厚、濃厚！』

不過，蕾維兒小姐看得很仔細。她比任何人都還要早一步察覺到蜜拉娜小姐的行動，救了夥伴一次。

對方也發現維娜小姐是失誤最少的一位，正是因為如此才開始鎖定她吧。

然而，蕾維兒小姐就連這點也預測到了，這甚至讓我有點感動。

魯迪格先生也肯定了這一點。

「菲尼克斯家的千金……非常優秀。對於局勢的掌握相當清楚。恐怕，她是在腦海裡描繪著兩隊在領域上的動向，藉此做出指示的吧。對於隊員的能耐知之甚詳、處置得宜，對於敵隊的觀察也相當仔細。不過，她也有沒看到的地方。」

魯迪格先生摸著下巴。

「——每個隊員都有各自的生活方式、自己的意見、個性。因此，他們每個人心裡都有夢想，也懷有陰影。再怎麼磨練自己的能耐、鍛鍊自己的肉體，若是推動這些的精神面不夠充分的話，運動選手只會自取滅亡。這樣的狀況在隊伍內擴散開來的話，接著就是連攜會瓦解。」

伊莉娜同學、爆華先生在精神方面、肉體方面的疲勞似乎都已經到達了頂點，動作明顯不佳。雖然惡化的速度比較緩慢，但潔諾薇亞的反應也開始遲鈍了起來。

魯迪格先生斷定：

「蕾維兒・菲尼克斯小姐可謂天資聰穎。然而，她所擁有的資質是『霸道』。與性屬『王道』的兵藤一誠先天上無法互相搭配。這一點完全在這場比賽當中表露無遺。那支隊伍的選手全都是充滿發展性的奇才——但是，他們幾乎都還是十幾歲的小孩子。小孩子想承擔所有夥伴的個性，甚至加以協助，根本辦不到。想要圓融地處理這種事情，十幾年的時間未免過於不足。」

魯迪格先生大概將伊莉娜同學、爆華先生、潔諾薇亞的缺點，都告訴杜利歐先生他們隊上的天使們了。他們巧妙地在遊戲當中利用那些缺點，對伊莉娜同學他們的身心造成打擊。

……我們還年輕。由於經驗不足，在這種心理層面的爾虞我詐上——難免無法應付。

莉雅絲姊姊露出難以言喻的表情。

「……聽得我也感同身受了。」

「他們很強。你們幾位也很強。不過，他們和你們也都是人生父母養的，心中自然懷有常人會有的喜悅和煩惱——我只是偶爾會針對這種地方罷了。我從來不曾認為自己有多完美，或者是優秀的戰術家。」

魯迪格先生從懷裡拿出一顆西洋棋的棋子——主教棋子，放在手掌上把玩，同時表示：

「我之所以能夠在遊戲業界過關斬將，也只不過是因為上級惡魔完全沉浸在理性主義和貴族社會當中，無法徹底擺脫這些因素罷了。因為他們只把棋子當成棋子看待，只把遊戲領域當成和西洋棋盤完全相同的東西。」

他看向莉雅絲姊姊，又說：

「莉雅絲公主應該懂吧……只把自己的眷屬當成棋盤上的己方棋子看待，這在進行遊戲的時候只不過是愚蠢的行為。不同於西洋棋的棋子，眷屬——轉生惡魔，是有血有肉的生物。當然，也就會各自擁有自己的思緒、心靈、感情。原本是人類的就更不用提了。人類擁有不落惡魔之後的文化。以強硬的態度否定他們的想法、文化，硬是把他們當成棋子命令的方式有其限度。無機物的話姑且不論，眷屬是有感情的生物。這是非常理所當然的事情。這種理所當然的事情，惡魔的貴族們卻無法理解——不，他們完全不打算理解。」

魯迪格先生問我：

「木場祐斗，你原本也是人類。我剛才說的那些，在你聽來應該覺得很愚蠢吧？敵隊的選手也是有感情的人，在戰鬥時要認知到這一點——這種事情，你應該覺得是理所當然吧？但是，你心目中的理所當然並不存在於排名遊戲的職業賽當中。有好一段時間，身為上級惡魔的遊戲選手都只把排名遊戲這種競賽當成是西洋棋的延伸。使用自己的眷屬——使用棋子來玩真人版的西洋棋，他們只當成是這種程度的遊戲。」

魯迪格先生將棋子放在扶手上，如此斷定：

「自認為是非人者之最的惡魔，其傲慢的一面完全在排名遊戲當中表露無遺。」

「然後，改寫了這一切的……就是魯迪格大人您了。」

莉雅絲姊姊這麼說，讓魯迪格先生露出充滿悲哀的表情。

「這句話……對我而言並不算是稱讚，我也不引以為傲啊，公主殿下。我只是想進行一場正常的競賽罷了。當然，以迪豪瑟為首，排名在上位的選手們在進行遊戲的時候都知道我剛才說的那些是理所當然的事情。當然，我也經常遇到高層的大人物們胡亂介入。不過，純粹享受比賽的時候，遊戲確實是快樂的。」

想到迪豪瑟．彼列的魯迪格．羅森克魯茲，表情看起來惆悵，卻又隱約透露出以他為傲的感覺。

——這時，比賽有了變化。

領域上空出現了神祕的肥皂泡泡。而且一誠同學的身影在那個泡泡裡面。那個不明泡泡包住了他整個人。

魯迪格先生見狀，露出意味深長的奸笑。

「看來，要讓他看那個的時候到了。」

『竟、竟有此事！一個神祕的空間突然蓋在遊戲領域上！罩住兵藤一誠選手的這個空間，究竟是什麼——！』

在播報員大吼的同時，一段神祕的語音響起。

『好了，加百列大人，麻煩您了。』

『可、可是……這樣好丟臉喔。竟、竟然要我穿成這樣……！感覺很不知羞恥……』

『這也是為了「轉生天使」的隊伍，為了炒熱排名遊戲的氣氛啊！』

那段語音——似乎是從肥皂泡泡裡面傳出來的。

一誠同學聽見加百列大人的聲音，放聲大喊：

『是、是加百列小姐！肥皂泡泡裡投影出加百列小姐了！』

看來，肥皂泡泡當中好像出現了某種只有一誠同學看得見的影像。

接著，肥皂泡泡裡面的一誠同學，隨即從鎧甲的縫隙當中噴出鼻血。

『嗯啊啊啊啊啊啊啊啊啊啊啊啊啊啊！加百列小姐她——————！加百列小姐她——啊啊啊啊啊啊啊！』

他滿心歡喜地大聲吶喊！

魯迪格先生一本正經地表示。

「我要杜利歐他們準備的——是大天使加百列的性感影片。然後以只有赤龍帝看得到的方式在肥皂泡泡裡面以術法播放那支影片。」

——！他們特地叫住大天使，要她做那種事情嗎！不、不對，要封鎖赤龍帝，封鎖一誠同學的話，或許是應該準備到這種程度才可以！畢竟一誠同學平常就把想看加百列大人的胸部這句話像是唸咒一樣掛在嘴邊嘛！

『在領域裡面收得到的只有語音，不過，看來轉生天使隊是準備了某種影片，而且只在兵藤一誠選手的周圍播放！』

在播報員為觀眾說明的時候，在肥皂泡泡裡面播放的影片依然只有聲音的部分傳出來。

『……我、我還得穿這個嗎？』

『是的，加百列大人。穿上這套泳裝，「神聖使者」即可得到救贖……這必定能夠成為他們的武器！』

『可、可是，布料的面積……幾乎跟沒有一樣。』

『請您穿上！』

『嗚嗚，好的……我穿。』

在這樣的對話之後，一誠同學──

『嘎啊啊啊啊啊啊啊啊啊啊啊啊啊！嘎啊啊啊啊啊啊啊啊啊啊啊啊啊啊啊啊啊啊啊！』

發出了不成言語的喜悅吼叫！

『一誠先生──────！請您冷靜──────！』

身為經紀人的蕾維兒如此吶喊他也聽不見！

魯迪格先生充滿自信地說：

「我調查過了，赤龍帝對布料面積不多的比基尼沒有抵抗力。聽說莉雅絲公主妳們也經常穿上那樣的服裝，對他展開攻勢，也得到了他對此極為亢奮的情報。」

──竟然調查到這種地步還加入戰術當中嗎！原、原來如此，他能夠衝到排名遊戲第七名的實力果然名不虛傳，越來越有說服力了……至少我想這麼認為！

一誠同學已經完全拜倒在肥皂泡泡裡的影片的吸引力之下了。

『哇喔——！加、加百列大人的……啊啊啊啊啊啊啊啊啊啊啊！連、連這個也穿出來見人！連、連這種的都穿了嗎——啊啊啊啊啊啊啊啊！』

「學校的制式泳裝——而且是舊款的，還有競賽用泳裝。當然，也不只泳裝。還有透明的性感睡衣以及體操服，全部都由女性天使主導，請加百列大人穿過了一遍。現在，那些景象全都在赤龍帝眼前上映——莉雅絲公主妳們對赤龍帝發動攻勢的各種情境，都由天界第一美女全部重現了一遍……這就是封鎖赤龍帝的最高境界！」

魯迪格帶著一本正經的表情這麼說的時候，一誠同學發出幸福的喊叫聲。

『這、這只有大飽眼福可以形容了！』

——功效確實強大無比！一誠同學完全無法專注在比賽上！

「……冥界首屈一指的選手準備的封鎖一誠策略……好可怕的戰術啊！」

莉雅絲姊姊……雖然妳打從心底感到畏懼……可是，我已經開始覺得無所謂了！該怎麼說呢，這個狀況是怎樣。剛才針對排名遊戲談論了那麼多，但是那些貴重的對話才一瞬間就煙消雲散了！

「……差勁透了。」

一旁的小貓也沒好氣地這麼說，以冷淡的眼神看著這個狀況！

『既然能夠欣賞大天使加百列大人的裸體，無論種族、出身，是男人都會看到渾然忘我

吧，這也是無可奈何的事情！我好羨慕胸部龍啊！』

播報員這麼說。

『好可怕的戰術。該說不愧是魯迪格吧。他完全理解了兵藤一誠的弱點。』

別西卜陛下如此低吟。

『小愛西亞的學校泳裝有水蜜桃的味道。』

法夫納則是大談愛西亞同學的泳裝的滋味——

在魯迪格先生的指揮之下，一誠同學他們，無論在戰鬥方面，還是在精神方面，都被杜利歐先生他們的隊伍玩弄於股掌之間。

「果然厲害，不愧是魯迪格大人。不過，千萬別小看一誠他們。」

莉雅絲姊姊在對於魯迪格．羅森克魯茲的戰術感到驚訝之餘，仍然相信自己最愛的男人會得到勝利。

「——那些孩子們經歷過恐怕就連神祉也很難撐過的一整年嚴苛的考驗而活了下來，是真正的強者。這種程度的考驗，對他們而言還不算什麼。請看，反擊的狼煙似乎立刻就要從那裡升起了呢。」

莉雅絲姊姊的視線前方，出現在螢幕上的，是爆華先生單膝跪在地上的模樣。

轉生天使——迪特漢先生和其他幾位隊員，包圍著爆華先生和百鬼。爆華先生和百鬼都面露疲態。

然而，爆華先生打直顫抖的膝蓋，站了起來。

『……怎麼了，天使啊，教會的戰士啊。難不成，你們以為這點程度的攻擊就足以打倒我爆華嗎？』

『…………你還想站起來啊，坦尼之子。』

爆華先生擺出威武的架式。

『是啊，當然要站起來。非站起來不可。因為——我是「燚誠之赤龍帝」的第一個部下……！更重要的是，奉主人的命令，我現在是「燚誠之赤龍帝」的「獠牙」了。我可不能折斷……！』

吐出好幾顆特大的火球，爆華先生再次宣言：

『「燚誠之赤龍帝」的「獠牙」，可不能折斷！』

一個天使打算從背後對爆華先生投擲光之長槍——但百鬼從旁踢了過去，將那個天使踹飛。

百鬼用力深呼吸之後，喀吱作響地活動了一下脖子的關節，同時說：

『看來你還能動啊，爆兄。』

『你這傢伙！別多管閒事，百鬼家的繼任宗主。這場戰鬥，象徵著我對主人的忠誠！』

『別這麼說嘛，我又何嘗不想讓學長打贏。而且要是在這裡被打倒的話，才會害得兵藤學長顏面盡失喔。』

百鬼脫掉已經變得破爛不堪的隊服上衣。裸露在外的，是精瘦但鍛鍊得當的完美肉體。

迪特漢先生說：

『你是日本的異能集團「五大宗家」之首，百鬼家的繼任宗主啊。』

『你說的沒錯，大天使拉斐爾的Ａ大人。我現在跟著「燚誠之赤龍帝」戰鬥作為修行的一環。』

以鬥氣和龍之氣焰籠罩住身體，一舉提升體能之後，百鬼當場飛奔而出！

『──因此，我現在要以「燚誠之赤龍帝」的「拳頭」這個身分戰鬥！』

百鬼發揮出以我的視力也只能勉強掌握的高速動作，拉近他與迪特漢先生之間的距離，以帶有鬥氣和龍之氣焰的拳頭和踢腿展開凌厲的攻擊。

迪特漢先生拆了好幾招之後，臉上中了一拳，大幅後仰！

『是典型的力量型選手啊！那我就保持距離解決你！』

迪特漢先生原地往後一跳，在手上製造出好幾把光之長槍。看來他打算從遠距離發動攻擊。

但是，百鬼不以為意，身上的鬥氣不住翻騰。

『——那麼，我只好把你請過來了。』

百鬼從全身上下解放鬥氣，接著他身邊的地面就像是呼應他的行動似的開始波動、隆起。就迪特漢先生腳下的地面也開始波動，像電動走道似的，高速搬運起拉斐爾大人的A來了！

『什麼！我聽說你會使用地屬性的術法，但是這……！』

百鬼操控大地，攻其不備，將迪特漢先生拉進到自己身邊！一口氣縮短了間距的百鬼，舉起充滿鬥氣的拳頭——

『——總之，先給你一拳。』

奮力揍飛了迪特漢先生！

『這招厲害！赤龍帝隊的百鬼選手，使用足以改變地形的術法將轉生天使隊的選手拖了過去————！』

播報員對於如此驚人的現象也嚇了一跳。

『我和掌管大地的靈獸「黃龍」締結了契約，所以能夠享受其恩惠。』

百鬼這麼說。

他的表現正如我所聽到的風聲。

——百鬼家的繼任宗主，只要腳踏在地上，就可以幾乎毫無限制地從龍脈借用大地之

「氣」，所以能夠使用近乎無限的鬥氣。

這裡是專為遊戲準備的領域，所以不知道能否無限借用力量……不過，看來至少能夠得到一定程度的恩惠。

事實擺在眼前，他看起來相當疲累，籠罩在身上的鬥氣卻仍然不見減少。

『順便一下好了。我來展示一招你們也還沒有掌握到的絕招吧。』

說著，百鬼龐大的鬥氣又變得更為強大，一口氣爆發！

在炸開的鬥氣平息之後——出現在原地的，是一隻人模人樣的龍。一隻金色的人形龍！

但是，脖子和手腳都變粗了，身高和胸膛的厚度也增加了不少！整整大了一號不止！

『什什什什什什什麼！百鬼選手的外型，變得像龍族一樣——！』

對於不斷展現出新招式的百鬼，播報員也只能驚嚇不已了。

百鬼表示：

『不斷從龍脈當中接收力量，我本身也會產生變化——姑且可以稱為「龍鬼人」吧。』

他讓靈獸「黃龍」顯現在自己身上了嗎！

迪特漢先生站了起來，佩服不已。

『竟然可以讓自己變成龍……』

『很有「燚誠之赤龍帝」的「拳頭」的感覺，很不錯吧？我個人認為兵藤學長的鎧甲比較帥氣就是了。』

看見百鬼的變化，爆華笑了。

『哼哼哼……人類……不，交趾。變成這個模樣的你，在我恣意大鬧的時候應該跟得上我的動作吧。你就好好注意我的動作，盡情行動吧，可別一個不留神被我踩扁了啊！』

『不准叫我交趾！』

仰慕一誠同學的兩隻龍似乎找到了一致的目標，看向關住一誠同學的肥皂泡泡。

爆華先生將腹部大大鼓起……然後，從嘴裡吐出特大號的火焰球！

同時百鬼也在雙手上製造出龐大的鬥氣彈，使勁丟了出去！

兩股力量在空中碰撞，卻沒有互相抵銷，而是混在一起變成了強大的力量集合體，飛向一誠同學的肥皂泡泡！

天使們接連拋出光之長槍，試圖消除這波攻擊——但是仰慕赤龍帝的他們兩個所製造出來的力量波動將那些攻擊也彈了開來——打破肥皂泡泡！

接著，一誠同學便從裡面飛了出來！

『……唔～～～！裡面雖然很美妙，但是我可不能一直作白日夢下去！』

來到外面的一誠同學立刻轉換心情，從附近的天使手上搶走球，然後為了衝向球框而面對轉生天使不斷奮鬥——

另一方面，大口喘著氣的潔諾薇亞出現在畫面上。

我從來沒見過她如此上氣不接下氣的表情。她的對手——是打扮得像英雄的尼祿・雷蒙迪。

『怎麼了，潔諾薇亞？體力強得像怪物的妳也開始累了嗎？』

『……隨你說吧，尼祿。好戲正要開始呢。話說回來，你倒是還活蹦亂跳的呢。』

聽潔諾薇亞這麼說，尼祿活力十足地擺著姿勢。

『畢竟這是我最自豪的一點嘛！在妳還是戰士的時候也唯獨體力我有自信不會輸給妳！而且現在的我是「天使隊長」，任何時候都不會退縮的男人！』

看見他的模樣，體育場的觀眾席上也傳出小朋友們的聲音。

『上啊——隊長！』

『一定要贏喔——天使隊長！』

教會的小朋友們用盡全力，大聲為他加油。

——尼祿・雷蒙迪，獲選為大天使烏列的A的人。

……根據我聽來的小道消息，他為了鼓勵對神器沒有抵抗力的妹妹，還有其他因神器受苦的小朋友，自告奮勇扮演英雄。

雖然打扮成那樣，但是我認為，站在這裡的他心中的覺悟，即使在參與這次大會的天使當中也是數一數二的強。

『一誠先生！是時候了！』

看見潔諾薇亞的狀況，蕾維兒對一誠同學如此表示。

一誠同學從鎧甲上的所有寶玉變出小巧的龍型裝置——飛龍(wyvern)。

『收到！飛龍啊！』

在一誠同學的驅使之下，飛龍飛上空中。

『——！赤龍帝使出飛龍了！』

『他打算以轉讓增強戰士潔諾薇亞的力量嗎！』

或許是因為早已掌握了一誠同學的能力吧，天使們開始提防飛龍。

而且他們似乎也已經準備好對應方式，瞬間開始因應。

『不過，這招也在我們的預料之中。只要徹底對獲得轉讓之力的選手緊迫盯人，並加以消磨——』

飛龍——貼到潔諾薇亞身上，化為手甲、腳甲，將她整個人包裹在鎧甲底下！

……出現在那裡的，是身穿鮮紅色鎧甲的女劍士。

『說是強化確實也沒錯。只是——』

潔諾薇亞豪邁地揮舞杜蘭朵，擺出帥氣的姿勢！

『強化方式是由我本人穿上鎧甲！』

『喔喔——！沒、沒想到，潔諾薇亞選手……穿上和赤龍帝同樣的鎧甲了————！』

這是一誠同學和莉雅絲姊姊的合體技——「深紅滅殺龍姬（Crimson Extinct Dragonar）」的應用版本吧！由潔諾薇亞親身穿上鎧甲！

對此，尼祿也為之驚愕。

『怎、怎麼可能！根據情報，「深紅滅殺龍姬」是赤龍帝和莉雅絲・吉蒙里的合體攻擊才對啊！』

潔諾薇亞身穿鮮紅色的鎧甲，將聖劍杜蘭朵扛在肩上，用力宣言：

『沒錯，這和莉雅絲主人的極為相似，卻又不同——我稱之「真紅破壞龍騎士（Crimson Destruction Dragonar）」。』

至於首當其衝的莉雅絲姊姊——則是對潔諾薇亞的變身露出苦笑。

「那個孩子真是的，竟然搶走我的特權……呵呵呵，不過，這招也相當有意思呢。」

針對潔諾薇亞的變化，莉雅絲姊姊向魯迪格先生問道：

「魯迪格大人，這也在您的預料之中嗎？」

「…………」

魯迪格先生沒有回答。他只是興致勃勃地，看著一誠同學的隊員們的絕招大會串。

潔諾薇亞以身穿鮮紅色鎧甲的狀態揮舞杜蘭朵。

『——見識一下聖劍士穿上赤龍帝的鎧甲會變成怎樣吧！』

豪邁又強大的一劍，將周遭的地面挖開一大塊，幾乎都要改變地形了。

不僅如此，她更以超越先前的速度閃躲尼祿的攻擊。

『唔！好驚人的速度和力量！』

對此，尼祿也為之驚嘆。

『沒想到不只力量提升，就連速度也變快這麼多……！算妳厲害，潔諾薇亞！不對，「真紅破壞龍騎士」啊！』

尼祿以英雄的風格叫陣——但是，潔諾薇亞本人卻顯得有點害羞。

『……被你這麼一叫，害我覺得有點害羞。不過，你看見這股力量也不打算退縮嗎？』

『我不是說了嗎？我是「天使隊長」，任何時候都不會退縮的男人！更何況！那種必殺技可不是妳的專利啊，潔諾薇亞！』

尼祿開始運氣，全身上下瞬間發出銀白色的光芒！散發出來的壓力顯然完全不一樣了！

——這是達到了那個境界吧。

『——傳聞中的禁手嗎！』

潔諾薇亞以聖劍發出波動——然而尼祿完全不以為意，只是豪邁地笑著。

『——「聖者的試煉再試煉（sturdy saint withstand）」！能力也很簡單明快！就只是遭受攻擊的時候會再變得更

耐打而已！接招吧——！聖拳——！』

擅長正面攻擊的潔諾薇亞與尼祿展開了激烈的攻防——

然後，一誠同學拿著球，掌握了主導權——但立刻遭到杜利歐先生等人緊迫盯人。

一誠同學拚命護著球，同時這麼說：

『嘿，變成黑色鎧甲，一口氣轟散你們應該會比較輕鬆吧！不過，這次那樣做一點意義也沒有，不如以別的方法運用！』

一誠同學高高舉起沒有抱著球的左臂，嘴裡唸唸有詞。

『濡羽色之無限之神啊！赫赫然之夢幻之神啊！見證吾等超越際涯之片刻之禁吧！』

「『『Dragon ∞ Drive!!!!!!』』」

於是，紅色與黑色的氣焰聚集到他的左臂上，完成了單一部位的龍神化！

局部變化嗎！居然能夠以這種方式顯現出龍神化來！

播報員也大吼：

『哎呀——！原本還以為兵藤一誠選手詠唱的似乎是那套黑色鎧甲的咒文……沒想到！竟然只有左邊的手甲變成了那種鎧甲——！這、這是怎麼回是呢，別西卜陛下！』

『原來如此，他很會想呢。局部性的變化是吧。比起全身的變化，鎖定一個部位的變質也能夠減少體力消耗……大概是基於這種想法的新招式吧。』

正如別西卜陛下所說，那大概是基於這種想法開發出來的能力沒錯。如此一來，雖然威力會比全身的時候弱上許多，但能夠使用的時間會變得更長吧。

『雖然變化的只有一個部位，不過威力可不會辜負各位的期待喔！』

一誠同學這麼說完，便以手甲上產生的氣焰掃開盯著他的轉生天使們。

杜利歐先生大吃一驚，似乎也只能笑了。

『嘿嘿嘿！不愧是一誠老大！真是的，居然接連使出那麼誇張的招式！應該說，赤龍帝隊的一連串祕技、絕招，教人看也看不膩啊！』

我完全同意！百鬼也好、潔諾薇亞也好、一誠同學也好，竟然在大家以為他們無計可施的時候，又使出無法想像的新招式扳回劣勢！

一誠同學鎖定了目標——是蜜拉娜小姐！

『而且，這招還有這種用法！蜜拉娜小姐！我要封鎖妳的行動！』

一誠同學張開左手向前伸出，開始運氣。

『乳力波動（new power wave）——！』

強力的龍神波動傳到蜜拉娜小姐身上，完全制住了她的行動！接著一誠同學繼續提升力量，然後握緊伸出去的左手！

『洋服崩壞（dress break）・龍神式（D×D）——！』

在他大喊招式名稱的同時，蜜拉娜小姐的修女服——爆了開來！她的裸體占據了整個螢幕——

——這時，覺得過意不去的我別開了視線。

小貓也在一旁表示「……竟然使用龍神之力將那個最爛的招式進化到不需要接觸也能夠發動……」，似乎由衷感到很傻眼。

沒錯，一誠同學使用龍神之力，學會了不需要觸碰，就能夠從遠距離讓女性爆衣的方法。這招……對於女性而言大概是凶惡到不行吧。

『……不要……這樣太猥褻了……』

蜜拉娜小姐如此尖叫。

『想不到想不到想不到！兵藤一誠選手的洋服崩壞——！竟然已經練到不用碰到對手也能弄破衣服的地步了——！』

播報員這麼大喊。

「……真的很會想呢，這是一誠的提議……不對，大概也有蕾維兒的想法在裡面吧。這樣一來，雖然輸出方面會弱化，卻多了多樣性和意外性。」

姑且不論洋服崩壞的進化，莉雅絲姊姊對於龍神化的局部變化給予很高的評價。也是，對於莉雅絲姊姊而言，那也是同伴、眷屬的招式。這也算是好消息吧。

——這時，魯迪格先生忽然忍不住笑了出來。

「……呵呵呵。」

莉雅絲姊姊一臉疑惑地看著他。

魯迪格先生開了口：

「失禮了。該怎麼說呢……杜利歐說的沒錯——真是一支誇張的隊伍。在某種程度上，我預料到，也想像過他們會準備新招過來。但是……看到他們如此毫不保留地用在這場比賽上，我也無話可說了。他們最有力的武器，就是年輕。剛才我說那是他們的弱點，然而，那是他們最大的武器也是事實。年輕有時能夠產生出超越想像的成長以及意外性。這足以粉碎我的戰術，莉雅絲公主。」

魯迪格先生聳了聳肩，老實稱讚了一誠同學他們的絕招大放送。

魯迪格先生……看起來有點開心，開始不斷自言自語。

「如此一來，就會有個想法在我們隊上的選手們心裡不斷打轉——『他們其實還藏了什麼絕招吧？』，大家都會這麼想吧……光是讓我方如此戒備，這個狀況的效力就已經夠強大了。這樣啊，蕾維兒·菲尼克斯小姐。妳用年輕產生出無與倫比的成長性，彌補了不足的經驗啊……最有意思的是，能夠實現參謀的想法的隊員，還有『國王』的影響力——」

魯迪格先生——仰起頭來。他閉上眼睛，神情顯得相當複雜。

「…………魯迪格大人？」

莉雅絲姊姊這麼叫他……

但是，魯迪格先生只是看向遠方出了神。

「……迪豪瑟，你看見了嗎？我們缺少的東西就在這裡……我們一直盼望的東西……就在這裡啊。吶，迪豪瑟啊……」

Life. Youth 正因為是年輕人

和杜利歐的隊伍打了將近兩個小時——

換句話說，就是比賽快要結束了。我——兵藤一誠，不斷調整著呼吸。

「……呼、呼……我對體力很有自信的說。但是這樣一直跑一直飛，實在快不行了。」

我大口喘著氣，忍耐著側腹的疼痛。龍神化的部分變化，只要詠唱過解放咒文，之後只要碰到想用的時候就隨時可以將身體的一部分暫時變成黑色鎧甲……不過，當然每次都會消耗體力。目前為止我已經用過好幾次了。儘管如此，比起全身變化，目前還是局部變化比較適合用在這種戰鬥上。

——在兩隊的體力都接近極限的狀態下，戰鬥進入最終局面。

得分……來到「１４１－１４６」。

後來，我們依然被杜利歐的神器、A們的實力，以及轉生天使的特性發動耍得團團轉。

但是，原本一度被拉開的比數差距，也已經追回到這麼近了。

雖然對方的分數比較高……但還是有逆轉的可能性。

「一誠先生，下一個又是f6。」

蕾維兒報告了新的球框出現的地點。即使體力快要耗盡，我們依然拖著這樣的身體奔馳，朝向勝利邁進。

……鎧甲底下已經是汗水淋漓，補充再多水分還是不夠。不過，比賽也快要結束了。

——我要以勝利結束這場比賽！

「我們要贏！」

我鼓起氣勢如此大喊。

『喔喔喔喔喔喔喔！』

夥伴們也大聲呼應。

球在杜利歐他們手上。他們拿著球，朝下一個球框飛了過去。

我們也全力追趕著他們。以時間而言，比賽恐怕會在再下一次攻門的時候結束。換句話說，得分的機會並不多。

——必須連續得分，才有機會獲勝！

精神方面慢慢恢復原狀的伊莉娜，和潔諾薇亞一起攻向拿著球的迪特漢，試圖搶走球。因為，要是被他們的「國王」杜利歐或是擔任「皇后」的迪特漢射門成功的話，比數差距又會被拉大。

但是，劍術高手真羅清虎以梵蒂岡打造的靈刀施展二刀流，擋住伊莉娜、潔諾薇亞搭檔的去路。為了支援她們兩個，羅絲薇瑟使出特大規模的魔法全面轟炸，結果被蜜拉娜輕而易舉地擲出的超巨大光之長槍（墮天使幹部級）抵銷掉。

接著手拿光之弓箭的葛莉賽達修女也加入她們的戰鬥，結果羅絲薇瑟也無法出手支援夥伴了。葛莉賽達修女射箭的命中率近乎必中。

身為指揮官的蕾維兒也做出確實的指示，同時以業火魔力妨礙敵隊選手傳球。但是，一名女性轉生天使——另一位Q，耶西卡．拉格奎斯特（長金髮、藍眼睛，表情一直好像很想睡的教會戰士，而且是美少女！）以光力使出堅固的障壁型結界術數度阻撓她。

百鬼和爆華以他們突破力十足的攻勢試圖攻擊對方的破綻，但是對方的男天使——10劉炳煥（以光力為主軸的中國武術達人）和尼祿並沒有讓他們成功。

在如此的激戰當中，維娜冷靜地對我使了個眼色，和我一起攻向拿著球的迪特漢——但是隨著一句「球不會交給你們！」，守備嚴密的杜利歐跟著介入，就此演變成雙方「國王」和「皇后」的對決。

我們毫不喘息地一直重複著這樣的攻防，所以兩隊的體力都已經接近極限，每次行動之後動作就會變差，而且看得出大家都上氣不接下氣。

無論敵我，每個人都已經到達極限了。

就在這個時候，穿著鎧甲大口喘著氣，肩膀不住上下移動的潔諾薇亞對我說：

「……我還有一招真正的隱藏絕招！……一誠！我有個方法，可以激發出緊要關頭的潛力！」

「……真的嗎！在終場的這個時候聽到這種情報真是太好了！妳一定要展現出來給我看看！」

沒想到，潔諾薇亞竟然還有新招。

聽見我的意見，潔諾薇亞不知為何變得莫名有精神。

「……好。那麼，我準備一下。順便告訴你！根據一誠的回答，我可能會立刻意志消沉，當場倒下喔！」

——！她是怎樣！根據我的回答可能會倒下？她到底藏了怎樣的招式啊！

潔諾薇亞大口深呼吸，然後吶喊：

「我的『國王』！兵藤一誠！請你！」

她的聲音響徹整個領域——

「娶我當老婆吧——啊啊——！」

「…………——！」

…………

……她、她說什麼——————————————！老、老、老、老、老婆嗎——啊啊啊啊啊啊啊啊啊啊啊啊啊啊啊啊啊啊啊！

面對這過於突然的發展，我也整個人僵住了！

然而，播報員依然繼續轉播！

『……什！什麼——————————————！赤龍帝隊的潔諾薇亞選手，突、突然，在這種狀況下反求婚了——————————————！』

沒錯，就是反求婚！我被潔諾薇亞反求婚了！

居、居然在這種地方，對、對我做出如此重要的告白！也、也罷。要說很有這個傢伙的風格是也沒錯，但是偏偏挑在這種場面是怎樣！

潔諾薇亞全身上下，連聲音都在發抖，這麼問我：

「你、你的回答呢？拜、拜託你，一誠！快、快回答我！再、再這樣下去從各種層面來說我都快倒下去了！」

唔……回答嗎！不回答不太好，而且都被反求婚了，身為男人當然得好好回答才行！

就在我打算下定決心的時候。

這次——換伊莉娜介入了！

「等、等一下！那、那麼，我——紫藤伊莉娜也要，請娶我當老婆吧——！拜託你了，一誠！」

這、這、這、這是、怎樣啊啊啊啊啊啊啊啊啊啊啊啊啊啊啊啊啊啊啊啊啊啊啊啊啊啊啊啊啊啊啊啊啊啊——！

這、這次換成伊莉娜了喔！我居然在這種地方，被潔諾薇亞……和伊莉娜告白了！

播報員似乎也因為連續發生兩次出乎意料的事情，陷入混亂！

『什什什什什什什麼什麼什麼——！連紫藤伊莉娜選手也反求婚了——！這是怎麼回事！這是什麼狀況啊！這是在排名遊戲史上也從來不曾聽說過的連續反求婚！』

我想也是！在排名遊戲當中被連續反求婚，正常來說是不會出現的狀況吧！

播報員低吟：

『之前對姬島朱乃選手求婚時也是，赤龍帝隊又面臨了在比賽當中求婚的局面！我都不知道該說什麼才好了……總之，我也很好奇他的答案是什麼！您說對吧，別西卜陛下！』

『呵呵呵，確實如此。好了，赤龍帝閣下會如何回應呢？』

啊啊啊啊啊啊，就連別西卜陛下也如此期待！

「原來還有這種訂定婚約的方式！原、原來如此，我又學到了一課！」

羅絲薇瑟好像也得到了某種奇怪的勇氣！

…………

……話說回來，娶她們當老婆是吧。我向莉雅絲和朱乃學姊求了婚。我發了誓，要給她們兩位幸福。

那麼，我喜歡潔諾薇亞和伊莉娜嗎？她們對我而言重要嗎？

…………我當然喜歡！都接吻過好幾次了！心裡怎麼可能沒有她們呢！

而且她們對我而言當然重要！潔諾薇亞都已經是我的眷屬了！伊莉娜是我的青梅竹馬

……而且不進轉生天使的隊伍，特地選擇了我的隊伍！

既然這樣的兩個女孩都對我反求婚，要我娶她們當老婆了——

那麼，既然目標是成為後宮王，我又怎麼能夠退縮呢，對吧，阿撒塞勒老師！

我下定決心，做好心理準備，大大吸了一口氣，然後一鼓作氣說完！

「……真是的！我知道了！一切都由我全部負責到底！來我身邊吧，伊莉娜、潔諾薇亞啊啊啊啊啊————————！」

瞬間，現場陷入寂靜。

然而，兩名女劍士的身體和聖劍——都冒出了不可理喻的大量氣燄！

「……呵呵呵、呵呵呵呵呵呵呵。」

「呵呵呵……呵呵呵呵呵呵呵呵♪」

發出歡喜笑聲的潔諾薇亞和伊莉娜——

「成功了！」

「成功了！」

「「和他訂定婚約了！」」

彷彿疲勞都已經煙消雲散了似的在空中到處飛行，氣勢如虹地衝進敵隊陣線。

她們兩人一起撲向持球的天使，而其他天使也上前防守，試圖阻止她們，但是……

她們以默契十足的搭檔攻擊，清空所有擋路的天使！

對此，敵隊的天使們也大驚失色，嚇得發抖。

「唔！在終場應該已經疲憊不堪的這個時候……！」

「還有這種震撼力！這種動作！一點也不像是體力即將耗盡的人！」

潔諾薇亞拿出王者之劍，將劍尖指向持球的選手。

「喝！」

潔諾薇亞屏氣凝神——球便自行飄了起來，落到潔諾薇亞手上！她在這種緊要關頭，發揮出支配的力量了嗎！

潔諾薇亞自信十足地說：

「現在的我，感覺連魔王都有辦法打倒啊！」

「惡魔怎麼可以打倒魔王啊！不過，我懂！我懂妳的感覺喔，潔諾薇亞！」

伊莉娜的狀況好像也很不錯，以奧特克雷爾的神聖氣焰接連擊飛他的天使同事們。

潔諾薇亞對我說：

「一誠！小孩至少要五個！三男兩女！這件事我絕對不會讓步！」

伊莉娜也跟進！

「我、我也想要兩個小孩以上！因為我至少也想要男女各一！」

這、這、這兩個傢伙在說什麼啊！還在比賽耶！我忍不住抱頭苦惱！事情發展到這種地步我都開始害羞了！

然而，大概是因為太高興了吧，潔諾薇亞繼續訴說她的夢想。

「學校要念私立的！從幼稚園開始就要！親身經歷過的我最能夠了解教育的必要性！」

「咦！潔諾薇亞已經想得那麼遠了嗎！我、我呢……應該選公立，還是私立……！」

正當她們如此對話的時候，敵隊的葛莉賽達修女飛了過來，對潔諾薇亞抗議！

「妳這個孩子真是的！沒跟姊姊商量過就自己求婚，到底是什麼意思！」

「葛莉賽達修女，妹妹我找到好人家了，妳一定要祝福我喔！」

「回去之後，我要好好對妳說教！」

到了這個節骨眼上，居然上演了夸塔姊妹對決的戲碼！

由於被葛莉賽達修女緊迫盯人，潔諾薇亞忍不住把球——丟給愛爾梅希爾德。

儘管已經很累了，愛爾梅希爾德仍然接住球。

「…………呼、呼……」

敵隊的天使立刻盯上愛爾梅希爾德，試圖搶球。

看著疲憊不堪的愛爾梅希爾德，天使說：

「不行了嗎，吸血鬼？瞧妳的舉手投足應該是上級出身的吧，真虧妳有辦法在這種比拚體力的項目當中留到最後。」

「……身為探員，我曾經周遊列國……體力意外的還不錯喔。」

愛爾梅希爾德抱著球，把手伸進隨身揹著的包包裡。

「……我也該用最後的絕招了吧。軍師小姐，我要用了喔。」

她向蕾維兒確認。

「……好的！請用！」

蕾維兒也爽快地答應了。

愛爾梅希爾德從包包裡拿出小瓶子。裡面裝著紅色的液體。是血液。

「這可不是普通的血。首先是這個。」

單手彈開瓶蓋的愛爾梅希爾德，將血液一口氣喝了下去。

她的身體隨即用力鼓動了一下，背上冒出地獄的業火。火焰化為翅膀的形狀。不僅如此，愛爾梅希爾德的身上也開始冒出火焰。

看見這一幕，天使們驚訝不已。

「——這種火焰！是菲尼克斯的火焰嗎！」

「沒錯，是軍師小姐給我的。而且因為她是處女，功效更是強上許多。」

愛爾梅希爾德的動作並未就此結束，又拿出另外一瓶。

「再來是另外一瓶——」

一飲而盡的瞬間——她露出恍惚，幾近渾然忘我的表情。

「……啊啊，極致的美味……！甜美、溫潤、濃厚、絕對會上癮……會讓人無法自拔，讓腦髓為之瘋狂的凶惡美味……！」

瞬間，隨著轟隆作響的劇烈聲響，愛爾梅希爾德身邊的地面大幅凹陷，她身上也冒出夾雜著紅與黑的氣燄。

天使們見狀，紛紛驚叫出聲。

「——帶著紅與黑的龍之氣燄！」

「是赤龍帝的血嗎……！」

沒錯，她剛才喝下的，是我的血。寄宿著無限與夢幻的我的血——

對於能夠藉由喝下不同的血液發揮出各種異能的吸血鬼而言，我的血可不是興奮劑足以比擬的東西。

愛爾梅希爾德雖然是歷史悠久的上級貴族家出身，但是以一般的吸血鬼能力而言，不比正常的上級吸血鬼突出。換句話說，以純血家族而言，她只能算是普普通通。

然而，儘管如此，列名於真祖卡蜜拉之一族的血統，並未背叛她——

唯有一點，她的表現特別優秀。那就是——她能夠攝取血液，藉此展現出血液的主人的能力。

攝取蕾維兒的血，她就可以暫時以不死身的業火護身；喝下我的血——還能夠擁有赤龍帝的氣燄，發揮出極其強大的龍之力。

愛爾梅希爾德就像是疲勞已經煙消雲散了似的激發出特大的氣燄，就連蜜拉娜從遠方擲出的高密度光之長槍，都被她彈了開來。

壓倒性的力量，使得轉生天使們也無法輕易接近她。

——要傳球的話，就該趁現在！

我對愛爾梅希爾德做出指示：

「傳球！空檔在——」

「這裡！」

出現在球框旁邊是——想必是自行抵達那裡的愛西亞。

愛爾梅希爾德似乎察覺到我的視線了，把球丟向愛西亞所在的方向。

完全沒有人盯梢愛西亞。轉生天使隊的注意力完全放在我和潔諾薇亞她們和愛爾梅希爾德身上，就連愛西亞已經跑到球框旁邊也沒有發現。

——在這個緊要關頭，愛西亞……愛西亞自行掌握了這個機會。

球成功傳到愛西亞手上，我對拿到球的愛西亞大喊：

「愛西亞！投出去吧——————————————————————————！」

愛西亞擺出架勢。忽然，愛西亞之前說過的話在我腦中閃過。

——……因為我大概是最會拖累大家的人。為了盡可能幫上忙，我只能像這樣練習了。

——……身為社長，我不知道自己到底有沒有扮演好自己的角色，這件事一直讓我很不安……

——莉雅絲姊姊以莉雅絲姊姊才能辦到的方式擔任社長的職位。

——誠先生也沒有依照莉雅絲姊姊的做法，而是一邊摸索自己的作風，一邊從事惡魔的工作。

——既然朋友和喜歡的人都以這種做法為目標的話，我也想這麼做。

愛西亞投出去的球，完美地穿越了圓圈型的球框，追加了分數。

我——忍不住擺出勝利姿勢。

『得、得、得、得——————分——————！』

播報員傾瀉出亢奮之意。

『沒想到！沒想到！到了這個最後關頭，赤龍帝隊得分了！這3分相當重大！因為這讓逆轉的可能性變得更為濃厚！這下不比到最後還不知道鹿死誰手了！』

在大到足以傳進領域內的會場歡呼聲當中，我走到愛西亞身邊，摸了摸她的頭。

「投得漂亮，愛西亞！」

「是的！我投進了！」

看著這球的追加分數，想必讓天使們恨得牙癢癢的吧。他們一副心有不甘的樣子。

這樣就是「144－146」只差2分了！剩下的時間雖然不多，還是有足夠的機會取勝！

我對杜利歐說：

「因為沒有人盯愛西亞嘛。別小看我們喔，天界的王牌。我們隊上——」

我放眼望向自己的夥伴們，然後對杜利歐表示：

「每個人，都是王牌啊。」

「……一點也沒錯。」

同樣上氣不接下氣的杜利歐，露出自嘲的笑。

「……抱歉，杜利歐。」

放鬆對愛西亞的盯梢的天使向杜利歐道歉，但他搖了搖頭。

「沒關係，我也有錯——愛西亞妹妹也克服了一整年的難關。還是不該隨便放鬆對她的盯梢。」

在這樣的對話之後，播報員再次詢問解說員的意見。

『法夫納先生！您的主人愛西亞·阿基多選手成功得分了！進了這球之後，比賽的去向更加難以預測了呢……』

被這麼一問，法夫納嚎啕大哭。

『嗚嗚，不愧是小愛西亞！那招正是小愛西亞的祕傳妙計，小褲褲投球！本大爺，活著真是太好了！』

『什麼！剛才的射門還有名稱啊！「小褲褲投球」！雖然名稱讓人不知道該說什麼……但是射進這一球，讓赤龍帝隊的生命線勉強維繫住了也是事實！』

那個混帳……！居然對愛西亞妹妹那麼令人感動的那一球亂取名稱！這下感動全都泡湯了啊！

——不對，沒時間對那個傢伙生氣了。

剩下的時間——約莫兩分鐘。接下來終於是最後一個球框了。

接著，裝置投影出最後一個球框的地點。

「一誠先生，在a1！」

蕾維兒如此報告。我也用戴在手上的裝置確認過了。最後的最後是在最角落的地方啊！

我們拿著球，衝向球框。杜利歐他們從後面追了上來。他似乎決定在最後放手一搏，改變了天氣，驅使劇烈的爆風雨襲擊我們！

即使疲憊不堪的身體快要被風吹跑了，我們還是絞盡最後一絲力量，朝著球框前進！

……明明都已經累成這樣了，明明全身瘋狂噴汗，明明體力都快要耗盡了，不知道為什麼……

不知不覺間，我的嘴角自然上揚。

不知為何，面臨這種絕境，我的心情卻是如此昂揚。明明可能會輸，明明球可能會被搶走，儘管如此，我還是以正向的心態全盤接受這一切。

因為，這一切都沒有「惡意」。我們的敵人並非「邪惡」。既沒有任何人瀕臨死亡，也幾乎沒有死亡的危險。

明明痛苦到不行，明明轉生天使對金球虎視眈眈，但是在一點一點逼近球框的這個當下，我的心卻是雀躍不已。

沒錯，面對這個狀況、這場比賽，我正在「享受箇中樂趣」——

就在我發現這件事的瞬間，我的腦中——響起一陣歌聲。這個歌聲……我好像在哪裡聽過。

聲音不只一個。是兩個人，有兩個人在唱歌。我聽見的是兩個人的歌聲。

——！

……吶，德萊格。一再掠過我的內心深處的這種感受……是什麼？而且腦袋裡面，好像浮現出某種話語，應該說是歌聲，我可以聽見兩個人的歌聲……

對了，這是在大浴場碰到奧菲斯和莉莉絲的時候，她們在哼的那首歌。

『是啊，我也感覺到了。這是——奧菲斯她們在浴室哼的……不對，不只這樣。偉大之紅……？是你嗎？』

我懂了，原來是這樣。那是——她們兩個哼的是——

現在的我，好像可以理解了。

就在我即將有所收獲的時候，那個男人——天界的鬼牌(joker)擋在我的面前。

「一誠老大，你好像很快樂嘛。」

「……真是的，我真受不了自己……像這樣到處飛來飛去，跑來跑去……明明超痛苦的……卻又超快樂的！」

我以部分龍神化的左臂，攻向杜利歐！杜利歐也變出特大號的火球，和巨大的冰之長槍，對我丟了過來。

「……嘿嘿嘿，這樣啊，我就覺得這好像還是第一次看到一誠老大在戰鬥的時候，露出那種表情。因為我們相處的時間不算長，我原本還以為只是我多心了呢……」

我以剛體衝擊拳，和龍神化的左手發出的紅與黑的氣彈，粉碎了那些攻擊！

儘管強烈的爆炸與嘈雜的聲響尚未平息，我依然開了口：

「當然快樂！我沒有想過自己可以如此由衷享受戰鬥、比賽的樂趣！」

「我也是！偶爾有這種體驗很不錯吧！體驗無關生死的全力戰鬥！」

我們彼此以能力互拚，並且逼近對方展開互毆！杜利歐的羽翼發出金黃色的光芒，變成六對，浮現在頭上的光圈也變成四重！籠罩在杜力歐身上的光力氣燄也變得更為濃密，他身邊更出現好幾把特大號的光之長槍！

面對這樣的攻勢，我以真紅爆擊砲——以及龍神化的左手發出的特大號龍神彈，加以迎擊！

『BoostBoostBoostBoostBoostBoostBoostBoostBoost!!!!!!』

『Fang Blast Booster!!!!』

我和杜利歐發出的大規模攻擊在白色的空間上空互相碰撞，引發了大爆炸！紅色與金黃色的氣燄殘渣，在空中紛飛！

但是，我不認為杜力歐會就此罷休！

「喔喔喔喔喔喔喔喔喔喔喔喔喔喔喔喔——！」

在爆炸結束的瞬間，我立刻朝杜利歐衝了過去——

「喝啊啊啊啊啊啊啊啊啊啊啊啊啊啊啊啊啊啊——！」

沒想到，杜利歐也正面朝我衝了過來！

帶著龍之氣燄的拳頭，和帶著光力的拳頭交錯而過，尖銳地打在彼此的臉上，深深陷了進去！我的頭盔損毀，杜利歐也盛大地噴出鼻血，但我們雙方沒有退縮，繼續毫無保留地互毆！

我的鎧甲接連遭到光力極為濃密的拳打腳踢破壞。但是，我的拳打腳踢也不斷落在杜利歐的臉部、肚子、手腳上！

對於惡魔而言，光是劇毒——杜利歐過於濃密的光，對我的身體造成難以忍耐，超越劇痛的疼痛……但是那又怎樣。那又怎樣！

那個平常捉摸不定的男人——竟然願意從正面和我短兵相接，彼此互毆！

這樣還不回應他的話，就不是我了！這樣還不回應他的話，我怎麼有臉面對在看這一幕的夥伴們，還有勁敵們！

杜利歐英俊的臉龐漸漸腫了起來……但是他完全不管這些，和我正面互毆！在他眼中的——是熊熊燃燒的鬥志！

我們甚至數度對彼此頭捶！雙方的額頭都噴血了。

我們是好夥伴，所以這並不是互相廝殺。

——這是戰友（勁敵）之間的破壞戰！

『這是互毆！雙方展開互毆戰——！兩位「國王」只是一股腦地從正面毆打彼此的單純戰鬥！明明只是這樣，卻讓會場捲起一股瘋狂的熱浪！』

在聽見播報員如此興奮的聲音之際，我和杜利歐依然單純地，且豪邁地往彼此的臉部打了一拳！

臉上到處是血，鼻青臉腫的兩個「國王」揚起嘴角，放聲吶喊：

「——為了夢想而戰，真是最棒的比賽！不過，杜利歐——！」

「沒錯，就是這樣！兵藤一誠——！」

「勝利是……屬於我的——！」」

我決定負責處理杜利歐，把球交給潔諾薇亞！

「潔諾薇亞！」

接到球的潔諾薇亞高速飛了出去。

「包在我身上！」

這時阻擋在她前面的是尼祿！

「——！尼祿！別礙事！現在的我很強喔！」

一手持球，一手舉起帶有強大神聖氣燄的杜蘭朵，潔諾薇亞朝尼祿揮劍！

「那真是太棒了！這樣才有打倒妳的價值！來吧！」

即使接下杜蘭朵的神聖氣燄，尼祿也沒有垮下；目睹他固若金湯的防禦力，潔諾薇亞也不禁驚嘆。

最後，潔諾薇亞下定決心，將球暫時拋向上空，空出來的手上多了一把王者之劍。

潔諾薇亞將兩把聖劍交叉，龐大的氣燄在她身上翻騰！不僅如此，她將寄宿在鎧甲上的赤龍帝之力也加了上去。鎧甲的寶玉閃現更加耀眼的光芒，將氣燄送兩把聖劍上！

杜蘭朵和王者之劍的神聖氣燄的密度已經到達了超級凶惡的地步。潔諾薇亞一口氣揮出兩把聖劍，使得發射出去的波動彼此交叉！

「十字×危機——！」

潔諾薇亞的必殺攻擊！往前方飛了出去！那股神聖氣燄的質量極為驚人。要是中了那招，無論是轉生天使當中的A，還是最上級惡魔，肯定都會受到致命傷。

我和潔諾薇亞都認定，尼祿會為了避免正面受擊而逃開。

然而——尼祿卻擺明了要正面接下潔諾薇亞的必殺技！

「我不會退縮！」

十字×危機的氣燄吞噬了尼祿。下一秒，發生了特大的爆炸，周遭地形整塊毀於一旦。

在漫天飛舞的塵芥平息到一定程度的時候，我們看見的——是儘管遍體鱗傷卻還是站在原地的尼祿……「天使隊長」的英姿！

或許是借助了神器的力量，但是耐打也該有個限度吧！那可是結合了赤龍帝之力和兩把聖劍的氣燄的，潔諾薇亞最大規模的招式啊！

發出必殺技的潔諾薇亞實在是耗盡了體力，鎧甲已經解除，兩把聖劍上的氣燄也明顯減少。

潔諾薇亞看見尼祿，嚇到說不出話來。

「……！……在這個關鍵時刻你居然還是不退縮，堅持正面接招……！」

尼祿一步，又一步緩緩前進，舉起拳頭。他展現出來的，是超乎常理的執念——

「……嘿嘿……我不是說過了嗎，潔諾薇亞。我是『天使隊長』……有小朋友們……看著我。所以，我絕對不會退縮……我早就這麼決定了……！無論是任何時候，只要那些孩子……那個孩子看著我，就絕對不會退縮……妳懂嗎！」

一拳揍飛潔諾薇亞的尼祿，趁機接住球。

「……咳！」

「潔諾薇亞同學！」

「潔諾薇亞！」

愛西亞和伊莉娜趕到倒下的潔諾薇亞身邊。愛西亞開始幫潔諾薇亞療傷。

不過，揍了潔諾薇亞的尼祿似乎也已經到達極限了，在傳球給同伴之後立刻昏迷，當場趴倒在地。

「很厲害吧？畢竟他可是憑著那種毅力贏得熱血的烏列大人的A資格的男人呢。」

杜利歐自豪地如此稱讚同伴。

……我知道。如同杜利歐心中也有不能退縮的覺悟，那位教會的英雄也一樣，他也背負著必須站在這裡的緣由吧。

即使是這樣，比賽也還沒結束！我們為了搶回落到杜利歐隊手中的球，朝天使衝過去。

天使們巧妙地互相傳球，試圖找出我們的破綻，但我們也很拚命。怎麼可能讓你們找到那種破綻呢！

在這個危急之際，我決定冒險進行第二個部位的龍神化！原本一個部位就已經是極限了，不過總該有辦法撐個一瞬間吧！

我將翅膀瞬間變為龍神化的四翼，獲得只有一剎那的神速！搶走由迪特漢傳給真羅清虎的球之後，我將球交給羅絲薇瑟！

羅絲薇瑟對自己施展提升體能的魔法，加快速度，衝向球框，但是蜜拉娜和葛莉賽達修女擋在那裡，讓她無法投球。

羅絲薇瑟——將球交給高速接近她的維娜。維娜穿越蜜拉娜和葛莉賽達修女的防線，準備將球丟進近在眼前的球框裡——然而就在這個瞬間。

刺耳的警笛聲響起。同時裁判也宣告了。

『時間到！比賽結束！獲勝的是——』

分數——依然維持著「１４４－１４６」。

『——「天界的王牌」——！杜利歐．傑蘇阿爾多選手的隊伍贏得了勝利！』

這段廣播，讓會場一片歡聲雷動。

…………

……聽見比賽宣告結束，我當場虛脫倒地。

……無論結果如何，比賽都已經結束了。或許也是因為這樣吧，許多選手都倒在地上。

……我又看了一次分數……但是，結果並沒有改變。

……這樣啊。

……輸了啊。

……真是的，就只差那麼一點。

……不過，我的心情並不壞。明明輸了耶，真是不可思議。

或許是因為我第一次體驗到如此快樂的戰鬥吧。雙方賭上的並不是性命，而是以彼此的自尊心，還有不服輸的精神彼此衝突——

杜利歐拖著疲憊的身體，緩緩走到我身邊來。

「……我們輸了。」

我這麼說。杜利歐在我身旁一屁股坐了下來。

「……嘿嘿，我們也贏得很勉強。打到後來，只覺得你們到底要準備多少隱藏絕招才肯罷休啊。」

「是不是？我們家的軍師大人為了活用我們的力量，想要多少絕招，她都有辦法準備出來喔。」

我們的隱藏絕招幾乎都是蕾維兒想出來的。不過，能夠將那些點子的大部分都付諸實現的我們也夠誇張的了。

「一誠老大你們能夠準備出那些招式，天分也夠可怕的了。」

杜利歐也心有餘悸地這麼說。

正當我們兩個「國王」如此對話的時候，另一邊的潔諾薇亞和尼祿也走向彼此，一面大口喘著氣，一面互虧。

「……你依然是個體力笨蛋呢。」

「原本也是腕力笨蛋的妳沒有資格說我。」

然而，兩人隨即露出笑容，互相握手。

「謝啦，尼祿。」

「不客氣，該道謝的是我——還有，我是『天使隊長』啦。」

在另外一邊，同樣負責恢復的迪特漢與愛西亞也彼此握手。

「……妳的恢復力很棒，愛西亞修女。」

「……不，您讓我接觸到恢復的新型態，我也覺得很榮幸。」

「看來沒有機會讓法夫納派上用場呢。」

迪特漢說的沒錯。那個傢伙從頭到尾就只有當解說員呢。不過，那個傢伙會出場的時候，多半都是攸關生死的危機。

「這就表示，這是一場熱烈但和平的比賽。」

——愛西亞也這麼說。

「但妳還是讓那隻龍多學點教養比較好——貼身衣物可是很尊貴的東西喔。」

「……牠、牠其實沒有惡意。」

但我覺得牠是個變態喔。

此外，蜜拉娜和伊莉娜也在比賽後彼此問候。

「……那、那個……」

伊莉娜對個性低調的蜜拉娜伸出手。

「握個手吧！我們都是同事，今後不需要那麼客氣也沒關係——蜜拉娜修女，我們交個朋友吧！」

「……好、好的……伊莉娜修女……！」

……看來，透過比賽，大家都有所收獲，更了解彼此了呢。

……這或許是我第一次遇到這樣的比賽。沒想到戰鬥之後可以如此神清氣爽。

我和杜利歐相互握手。兩個人都鼻青臉腫的，卻還是堂堂宣言道：

「——下次我不會輸的。」

「——下次我也不會輸。」

還真敢說啊，不愧是鬼牌！「D×D」的隊長！

播報員吶喊：

『兩隊的「國王」彼此握手，互相擁抱！會場的觀眾也全都站了起來，為兩隊鼓掌！』

就這樣，「燚誠之赤龍帝」隊對上「天界的王牌」隊的戰鬥，以「天界的王牌」隊的勝利落幕了——

○●○

「嗚喔喔喔喔喔喔喔喔喔喔喔喔喔喔喔喔喔喔喔喔喔喔喔喔——！」

比賽結束之後，在我們「燚誠之赤龍帝」隊的休息室裡迴盪的——是爆華的痛哭聲。

在廣大的休息室裡，爆華一次又一次捶著牆壁。

「在下！我！明明奉命成為『赤龍帝的獠牙』了……！如果我更積極行動！更積極奮戰的話……！我的主人……就不會輸了……！我的主人……比較強……！」

我把手放在爆華身上，對他說：

「——爆華也表現得很好了。對手確實很強。就只是這麼回事。」

爆華當場癱坐在地上，流下斗大的淚珠，同時說出他的心聲。

「……我……是希望可以有一場像您和塞拉歐格大人那場戰鬥的比賽……我一直很想來一場那樣的比賽……！」

……這樣啊，你想要我對塞拉歐格之戰的那種比賽是吧。

那場比賽對我而言也是特別的一戰。光是知道你嚮往那場比賽，我就很開心了。

「謝謝。預賽的敗戰，並不是完全的敗北。今後還有機會。放心吧，我一路走來也被揍倒過好幾次——我們在下次比賽之前一定會變得更強。追上去就是了。我、我們，一直都是站在追趕前人的那一邊。」

看見我帶著笑容這麼說……

「……嗚喔喔、喔喔喔喔喔喔——……！」

爆華流下了男兒淚。

……爆華還會變強。既然他擁有坦尼大叔的血統，一定還會變得更強。

我也看向百鬼。

「……百鬼，不好意思，突然就要你上場參加實戰，謝啦。如果沒有你的隱藏絕招，我們應該會輸更多分吧。」

「……不，是我的修練還不夠。而且——學長才是最不甘心的一個吧？」

百鬼拿著毛巾不斷擦汗，同時這麼說。

「…………」

……真是的，當學弟的不要說出這種切中要害的話好嗎。

——不過，我可不會讓學弟看到我心有不甘的表情。

我——既是學長，也是「國王」。我早就決定，在這次大會當中要哭，就只有在優勝的時候。就像莉雅絲對待我的態度一樣，身為學長，身為「國王」，我不能一直在夥伴們面前表現出心有不甘。

「是啊，我是很不甘心，但是這場比賽也讓我們學到很多。什麼輸了就沒有意義、輸了什麼都得不到之類，根據我的經驗，話不能這麼說喔。聽好了，爆華、百鬼。」

沒錯，我有過很多經驗。敗北的滋味——被逼入絕境的窘況——

「自責的心情，會讓敗北的人變得非常強。畢竟——為了拭去後悔到想死的感覺，就只能獲勝了。」

這件事非常重要。

那時的後悔、那時的遺憾，只有新的勝利與成功能夠消除。

這些事情，對於某些人而言或許是理所當然……但越是體會過後悔到想死的心情的人，越懂得那是比任何事情都還要重要的事情。

百鬼拿毛巾在臉上用力擦了一陣之後，迎面對我說：

「……我決定了，在參加大會的這段時間內，要在你手下體驗過一切，勝利和失敗都是。我現在決定了——我下次不會輸。即使對上神祇也是。」

「很好，那當然！」

沒錯，即使是神祇，只要在比賽當中碰上，就只是該打倒的對手！就是這麼簡單！

我也有話想對愛爾梅希爾德說……只可惜，她因為過於疲勞，倒在休息室的長椅上起不來。

我對蕾維兒——還有維娜說：

「該怎麼說呢，我好像在剛才的比賽當中掌握到自己的新的可能性了。」

「……難道，是『龍神化』的……？」

對於蕾維兒的問題，我直接表示：

「——也有，不過主要是另外一個。『A×A』——我要在這場大會中撬開那扇門，妳們等著看吧。我隱約想通方法了。提示就是——浴室。」

聽我這麼說，蕾維兒和維娜都是一臉狐疑……

不過，我還要變得更強，想在變強之後和那個傢伙——和那些傢伙再戰一場。

Each impression.

看完比賽之後，我——木場祐斗，和莉雅絲·吉蒙里隊的成員們之間，因為一誠同學他們的敗北而瀰漫著難以言喻的氣氛。

不過，莉雅絲姊姊也沒有表現出什麼明顯的情緒就是了……

魯迪格·羅森克魯茲先生瞇起眼睛，自言自語著：

「原來如此，百鬼黃龍與潔諾薇亞·夸塔的隱藏絕招，爆華·坦尼、紫藤伊莉娜的成長，還有幾乎沒有調查到的卡恩斯坦家千金，以及愛西亞·阿基多的骨氣——」

魯迪格先生露出諷刺的笑，同時表示：

「這些奇招確實足以粉碎只會耍小聰明的我的計畫了。看來，兵藤一誠遇到了一群好同伴呢。」

莉雅絲姊姊搖搖頭說：

「不，您的戰術擊敗了一誠他們……魯迪格·羅森克魯茲大人，您贏得漂亮。」

莉雅絲姊姊伸出手。

「不，彼此彼此。他是個很好的伴侶——對於未來的吉蒙里家而言想必會是強而有力的基礎吧。」

魯迪格先生回應莉雅絲姊姊的握手，同時這麼說。

「一誠說你是他的目標之一。我想他應該由衷享受了這場戰鬥吧。」

聽見這句話，魯迪格先生表示「我倍感榮幸」，然後站了起來。

在收拾東西準備離開的時候，魯迪格先生忽然看向我，問了我一個問題。

「我想，就姑且不問莉雅絲公主，問問那位聖魔劍少年好了。透過這場比賽，你感覺到什麼了嗎？」

——！

……他要問我對比賽的感想，問我在這場戰鬥當中感受到什麼啊。

我帶著心情複雜的表情這麼回答：

「……戰鬥、排名遊戲最重要的，是自己和對手的『心』的處境……不過，如果答案有這麼單純的話，事情就簡單了。」

魯迪格．羅森克魯茲先生的視線落在螢幕上，看著畫面中帶著堅強神情離開領域的蕾維兒小姐。

「假使告訴蕾維兒．菲尼克斯這次是輸在『心』的方面不足，究竟能夠算是安慰與感想嗎……剛才的戰鬥，如果能夠只以一字曰『心』就此帶過的話，不知道該有多輕鬆。」

浮現在他眼中的心情，複雜到無法只用一個字帶過——

莉雅絲姊姊說：

「下次，希望能夠在大會以外的地方承蒙您傳授幾招。一誠之所以出自本能地崇拜您，我想還是其來有自。」

做好準備正要離開的魯迪格先生輕輕笑了一下。

「您太抬舉我了，莉雅絲公主——我只是因為小犬相信杜利歐·傑蘇阿爾多這位天使，而想讓他獲勝罷了。」

說完，他走向門口。

在走出觀戰室之前，他轉過頭來這麼說，之後便離開了。

「吉蒙里的各位，如果在比賽當中碰上了，到時候還請各位多多指教。那麼，我先告辭了。」

……人稱「翻盤的魔術師(upsetting sorcerer)」的惡魔，對於自己的事情並不多說。但是，他的隊伍留下了結果。

然而，我不禁覺得那個結果——對於今後的我們，還有一誠同學他們，都將帶來極大的影響。

Junior's preparation.

比賽結束，「燚誠之赤龍帝」隊的成員們，在休息室裡針對今天的反省和今後要克服的問題稍微討論了一下之後，決定稍事休息。

離開休息室，來到走廊上的自動販賣機買飲料（其實是因為想一個人靜一靜）的百鬼黃龍的視野當中，出現了一個人影。

出現在走廊前方的——是有著一頭閃亮銀白色長髮，年約十幾歲中間的少女。她的臉蛋宛如美術品，或者說是像人工雕琢出來的一樣工整，非常美麗。燃著深淵之色的深紅色雙眸，對準了百鬼黃龍。

那美術品般端正的臉孔，綻放出笑容。

「你很努力呢，黃龍。」

「蜜拉卡，現在還是白天，妳沒問題嗎？——不對，這裡是冥界。」

沒錯，眼前的少女，是純種吸血鬼——蜜拉卡・沃登堡。在冥界即使還是白天也不需要顧慮日光，所以不需要把自己包得緊緊的。

「嗯，冥界是個好地方。不需要圍巾也不需要眼鏡。」

從那像是精雕細琢出來的工整臉孔幾乎無法想像，她的聲音和語氣是如此可愛。

在自動販賣機買了運動飲料的百鬼黃龍，和蜜拉卡一起走在走廊上。

「——所以呢，打得怎樣？」

她好像想問比賽的感想。

「啊啊，該反省的地方——」

就在他這麼說的時候，兩人正好經過的通道盡頭，傳出人聲。

是女性啜泣的聲音。

百鬼黃龍沒有多想便躲到通道的轉角，探頭看了過去。蜜拉娜也從他的臉孔底下探出頭來。

視線的前方——是兵藤一誠和蕾維兒．菲尼克斯。

蕾維兒．菲尼克斯……哭到臉上涕泗縱橫，止不住淚水。

（……嗚嗚，一誠先生……我……我明明就可以衝到那裡去……）

兵藤一誠溫柔地擁抱著這樣的她，一邊輕撫她的頭，一邊對她說：

（要是沒有蕾維兒的話，我們只會打得更丟臉。接下來才是重頭戲。和我、和我們大家一起變強吧。）

蕾維兒．菲尼克斯把臉埋進兵藤一誠的胸膛。

（……好的。）

如此回答之後，她在兵藤一誠的懷裡不住嗚咽。

……戰敗之後，這位和他同年的惡魔貴族千金在休息室裡依然表現得非常堅強。無論是在平常的校園生活當中，還是作為赤龍帝的經紀人，她都不曾示弱，引導著她所敬愛的「國王」和隊員們。

百鬼黃龍認為繼續看下去未免太不識趣，便牽著蜜拉卡的手快步離開現場。

「…………」

蜜拉卡輕聲對不發一語的百鬼黃龍說：

「…………在同伴面前無法表現出她的心有不甘吧，蕾維兒同學。」

「……兵藤學長，好像很愛護菲尼克斯呢。」

正因為如此，他才會帶蕾維兒．菲尼克斯到那個沒有人會看見的地方去，聽她傾訴心聲。肯定是因為他發現了自己的經紀人在忍耐。

——真是個好人。確實看著自己的眷屬。

百鬼黃龍想著自己尊敬的學長，露出微笑。

「——學長果然尊爵不凡。同樣身為受龍寄宿者，我要對他致上最高的敬意。」

「哦～～原來如此！對了，你知道嗎？」

蜜拉卡這麼說。

「——聽說遇見現任赤龍帝的男人，多半都會對赤龍帝著迷呢。」

「那當然嘍，他那麼尊爵不凡。」

「啊～～原來如此！」

百鬼黃龍透過這場比賽，清楚地了解到許多事物。自己的實力、優點和缺點——

——透過大會，可以讓自己變強。可以提升自己體內的「龍」！

更重要的是，自己能夠以寄宿著「龍」的戰士的身分，成為兵藤一誠的助力，更進一步接近他。再也沒有比這個更好的機會了。

身為男性後輩，自己非常想追隨他——

百鬼黃龍對蜜拉卡說：

「我要從練跑開始重新來過。否則，我就沒有臉面對兵藤學長和潔諾薇亞會長以及菲尼克斯了。」

「瞧你開心的。」

沒錯，真是再也沒有比這個更貴重的體驗了——

Interview.

比賽結束之後，各陣營的記者群圍住走出工作人員出口的魯迪格·羅森克魯茲教練，閃光燈此起彼落。

記者群紛紛要求教練發表談話。

魯迪格·羅森克魯茲不改他的風格，冷淡地打了招呼之後，如此起了頭：

「敗北大致上分成兩種。一種是了解到對手的實力，心想可以的話下次不想碰對方，心懷恐懼的敗北。另外一種，是覺得下次就打得贏，得到了某種成就感的敗北。我指揮這支隊伍，是想讓赤龍帝等人體會前者——但是，他們得到的，應該是後者吧——要是下次再碰上的話，他們想必將成為遠遠超越今天的強敵。」

魯迪格·羅森克魯茲在評論其他隊伍時向來以毒辣著稱，他如此誇獎敵隊是非常罕見的光景，記者群也對此相當驚訝。

一個記者問了：

「我聽過一個說法，優秀的選手不只能夠讓自己的隊伍成長，更能夠透過比賽讓對手成長。該不會，羅森克魯茲教練除了指導天使之外，也想透過比賽教導赤龍帝隊吧？」

對於那位記者的問題，魯迪格露出愉悅的笑容這麼表示：

「你『也』太抬舉我。不過，該怎麼說呢……全世界的觀眾應該都很想看見值得期待的新生代來場翻盤之戰(giant killing)，我想這是可以確定的。如果今天的比賽能夠成為其前哨戰，那麼能夠參與其中也讓我覺得很榮幸。」

忽然，魯迪格·羅森克魯茲出了神，脫口說出這種話：

「……會成長的隊伍、意外性出眾的隊伍、洋溢著年輕活力的隊伍，冠軍迪豪瑟·彼列經常將這些掛在嘴邊……我們還有赤龍帝的隊伍，都符合這三項特性。」

閉上眼睛的魯迪格·羅森克魯茲，彷彿在對某個人說話似的這麼說：

「不只是剛才的比賽，我只希望他能夠收看這次的大會……不，即使只是略有耳聞也好……我只希望他能夠接觸到這方面的資訊。因為，他比任何人都還要盼望翻盤之戰能夠發生——」

魯迪格留下這句話，便結束了記者會，就此離開。

——翻盤之戰。

人稱轉生惡魔之傑的男人，或許透過這場比賽而得以預測到今後的發展了吧。

在這之後，他口中的翻盤之戰，將在大會當中接連上演——

Next Life... 然後，搶椅子大戰開始

在進入換季時期的階段，學校舉辦了球技大會。

「衝啊衝啊！」

「傳那邊傳那邊！」

體育館裡、操場的各個地方，充斥著此起彼落的無數加油聲。

所有的學生都參加了班級對抗賽或是社團對抗賽，學校熱鬧得像是在辦祭典一樣。今年的社團對抗賽比的——居然是籃球！沒想到之前在練習的競賽竟然就這樣被拿出來比了！

我們新神祕學研究社以我、木場、小貓、伊莉娜、愛西亞作為先發球員參加比賽，接連打倒了其他社團。

人類和惡魔的體能原本就有差距就是了……不過，這也是為了打倒那些傢伙！

「目標是優勝！還有贏過學生會！」

因為我們的隊長，愛西亞社長興致勃勃地想要打倒學生會！

我們也鼓起氣勢「喔喔！」地大喊，一心只想著跟隨愛西亞社長！

神祕學研究社順利地晉級到最後，終於在決賽——對上了和我們一樣晉級到決賽，由潔諾薇亞率領的新學生會！

在體育館中央的籃球場上，神祕學研究社和學生會的成員們列隊站在一起。

「一誠，你要贏啊！」

「愛西亞妹妹，加油！」

松田和元濱為我們加油！

『木場場——！』

『木場場學長————！』

為木場加油的女學生尖叫聲不在少數……大家真的叫他「木場場學長」啊……

「愛西亞和潔諾薇亞都要加油啊！」

桐生也為兩隊加油。

雙方的隊長——愛西亞社長和潔諾薇亞會長面對著彼此。

「潔諾薇亞同學，我不會輸的。」

「愛西亞，彼此彼此，我也不打算輸給你們！」

對方的先發球員是潔諾薇亞、匙、百鬼、巡、仁村，是不容疏忽的陣容。匙對我說：

「既然要比我就不會輸。這是遊戲前的前哨戰。」

「我也是，匙。」

百鬼則表示「只能說這個歸這個，那個歸那個了」，一臉很歉疚的樣子。沒關係，既然是社團對抗賽，變成這樣也沒辦法。

不知不覺間，體育館裡已經擠滿了來觀戰的學生。

「各位，要打一場無論輸贏都不會後悔的好比賽！」

連羅絲維瑟也趕到了。

裁判確認我們對彼此敬禮，選手都分散到場上之後，便鳴笛開球。

開始的同時，兩隊並未發揮惡魔、天使、異能方面的能力，只憑體能互相較勁。

木場使出高速運球，百鬼便以不輸木場的速度緊迫盯人；潔諾薇亞刁鑽的傳球也被伊莉娜彈開，不時就會出現這樣的精采好球。

即使我將傳到手上來的球投了出去，匙也會大喊「休想！」，執著地跳起來蓋我火鍋！

只要有其中一隊得分，隊手就立刻還以顏色，這樣的發展在上半場和下半場都不斷持續著，得分不相上下。

就在時間即將結束的時候，小貓來了一記妙傳助攻，球傳到愛西亞手上。

——沒有人盯她！

就和那個時候一樣。愛西亞一定投得進——

然而，或許是早就預料到這個狀況了吧，潔諾薇亞猛烈地追了過去，擋在愛西亞前面！愛西亞擺出投球的姿勢準備射出去，但潔諾薇亞以鐵壁般的防守擋住她的投籃路線。

結果，眼看著球就要離手的瞬間——愛西亞改變了姿勢，開始運球。

——是假動作！她甩掉潔諾薇亞了！

進攻到籃下的愛西亞跳了起來，準備上籃——

對於愛西亞的假動作感動到發抖的潔諾薇亞，立刻以超人的反射神經行動，試圖追上愛西亞——

「休想得分，愛西亞！」

「——不，會贏的是我們！」

就在那個瞬間，球已經離開愛西亞手上——

「唉——結果是並列冠軍啊。」

攤開社團對抗賽得到的獎狀的我，和愛西亞一起走在回家的路上。

在那之後，比賽結束在同分，進入延長賽之後兩隊依然互不相讓，最後變成了罰球對決，卻還是難以分出勝負，因此便在沒有時間的狀況下以「並列冠軍」的形式作為了結。

原本還想猜拳決定的，最後有人說打到這種地步乾脆兩邊都算冠軍就好了。因為觀戰的學生們也全都沒有怨言，可見大家就是如此狂熱，看比賽看得很開心。

這天，我和愛西亞有事要辦，所以在社團活動一結束就踏上歸途了。

愛西亞說：

「這樣就可以向莉雅絲姊姊報告好消息了。」

是啊，雖然說是並列，不過冠軍就是冠軍，莉雅絲應該也會很高興吧。不過，潔諾薇亞她們的纏功有夠驚人。我們也很不懂得死心就是了。因為愛西亞一直到最後都堅持要贏得勝利。身為社員，我們當然得跟著她才行。

就在我們兩個你一言、我一語地說著社團對抗賽的感想時。

我們正好經過公園前面，聽見一個小孩子的哭聲。仔細一看，有個小男孩大概是跌倒了吧，抱著磨破皮的膝蓋哭泣。

愛西亞立刻跑過去，看了一下小孩子的膝蓋。

「沒事吧？男生不可以因為這點小傷就哭喔。」

——！

聽見她的台詞，看見這個場面，我回想起那個時候。沒錯，一年前，我和愛西亞就是像這樣相遇。

那個時候也有個小孩弄傷了腳，愛西亞也跑了過去。然後，她說了完全相同的台詞，以神器的力量治好小孩的擦傷。

這次也一樣，愛西亞又用了神器的力量，很快治好了小孩磨破皮的膝蓋。

「好了，傷口不見嘍。沒事了。」

小孩子因為傷口不痛了顯得一臉詫異，但還是立刻一鞠躬，開口道謝。

「謝謝妳！姊姊！」

說完，小男生便跑步離開。

「謝謝妳，姊姊——是吧。」

聽我這麼說，似乎讓愛西亞腦中也閃現了當時的場景，咯咯笑了。

「呵呵呵，這次我聽得懂日語嘍。」

是啊，說的沒錯。

忽然，愛西亞從迎面對我說：

「——能夠和一誠先生還有大家相遇，是上帝給我的美好禮物喔。」

——！

…………

……第一次遇見愛西亞的時候，她帶著心情複雜的表情談到自己的能力。因為在那之前，她受了很多苦。

在那之後的這一年來，她應該過得比以前更加困苦才對……愛西亞現在卻露出如此美妙的笑容，和那個時候簡直判若兩人。

就在這個瞬間。我心中湧現了堅定的決心。

已經可以了吧？已經可以告訴她了吧？

我輕柔地摟住愛西亞的肩膀對她說：

「有件事情，我從很久以前就決定了……」

我一直把這件事深藏在心底。我夠資格嗎？我能夠讓愛西亞得到幸福嗎？我一直思考著諸如此類的問題……

但是，我發過誓了。我要和愛西亞共度一生。在堪稱永遠的惡魔生涯當中，我要和她一起活下去——

現在的我——已經有了一路走來得到的自信。也產生了自負。也升格為上級惡魔——成為「國王」了。也依照約定讓愛西亞成為我的眷屬了。

我敢斷定，如果是現在的我，可以讓愛西亞·阿基多一生幸福！

所以我要說了。我要告訴她。我要說出——我對愛西亞最真實的心情！

我堅定地堂堂告訴她：

「——愛西亞，將來，妳願意和我在一起嗎？我絕對會帶給妳幸福的。」

這是我——對她的求婚。

我……想把愛西亞留在身邊。想娶她當老婆！想一直和她一起生活！

聽了我的求婚，愛西亞流下斗大的淚珠。但是，她的表情洋溢著幸福。

「…………好的，我願意！」

愛西亞點了頭，如此答應了我的求婚！

——太好了！愛西亞也接受了！我抱住愛西亞，大聲對她說！

「我們要一輩子在一起喔——————！」

「是！一直在一起！」

我用力把愛西亞抱得更緊，細細品味這股幸福！啊啊，我的愛西亞妹妹！我未來的新娘！我絕對會讓妳幸福的！

因為氣氛正好，我把臉湊了過去，正想吻愛西亞一下，然而就在這個時候。

那兩個傢伙從遮蔽物後面現身了。

「妳聽到了嗎，伊莉娜！」

「是啊，當然聽到了，潔諾薇亞！」

流下感動淚水的潔諾薇亞和伊莉娜登場。

「終於連愛西亞也成為一誠未來的老婆了！」

「我們三個可以手牽手一起當新娘了！」

這兩個傢伙大哭了起來，豪邁程度不輸給男人！

「伊莉娜、潔諾薇亞！妳、妳們看到了嗎！」

我這麼問，潔諾薇亞便表示。

「只是剛好路過，就忍不住躲起來看了。這個我道歉。」

妳們都看到了喔！丟臉死了，真是的！

伊莉娜在感動之餘，說出的卻是心中的後悔。

「話說回來，剛才的求婚真是棒透了……！我現在好後悔！感覺好像是搭潔諾薇亞的便車順便求來的！如果可以在更羅曼蒂克的時候由一誠對我說不知道該有多好！對女孩子而言，這是一輩子只有一次的事情耶～～！」

誰教妳要順著潔諾薇亞的衝動對我開口啊！而且要是在那個時候做出奇怪的回答，那我不是很糗嗎！

潔諾薇亞從我懷裡搶走愛西亞，抱住她。

「好——！愛西亞！無論如何，我們三個都要嫁給一誠了！」

伊莉娜也衝了過去，三個人圍成一個圈圈。

「嗯、嗯！還是三個人一樣最好了！」

「是、是啊！今後，我也要以兵藤家的一員的身分繼續加油！」

圍著圈圈轉了好幾圈之後，她們三個同時看向我。

「「「事情就是這樣，可以吧？」」」

——真是的，妳們三個的感情未免也太好了吧！

「好——我知道啦！愛西亞、潔諾薇亞、伊莉娜都一樣，我全都會讓妳們得到幸福的——————————！」

莉雅絲、朱乃學姊、愛西亞、潔諾薇亞、伊莉娜！既然已經告白了，我當然會讓她們所有人都得到幸福！

對吧，阿撒塞勒老師！我會讓大家都得到幸福的！

因為，能夠辦得到這件事，才算是當代的赤龍帝啊！

—○●○—

社團對抗賽結束之後，大會依然繼續進行著——

後來，先是塞拉歐格和曹操的隊伍對戰，後有我們和西迪隊——對上匙的再戰，高三的第一學期有如驚濤駭浪一般席捲而過。

預賽越演越烈，爭奪淘汰賽的十六個出場席次的激烈戰鬥進入了終場階段。

這天晚上即將發表新的對戰組合，因此我們「燚誠之赤龍帝」隊的成員（維娜缺席）都在電視前面集合。

比賽的對戰組合──對戰日期接連揭曉，我們這隊接下來的對戰也陸續敲定了。對手當中也不乏小有名氣的隊伍……不過，應該有辦法順利晉級到大會的最後才對。

但是，我這個天真的想法，在下一個對戰組合發表之後，瞬間煙消雲散。

那兩個名字顯示在電視上的同時，會場因為這個發表而沸沸揚揚了起來。

「莉雅絲．吉蒙里」隊　VS　「明星之白龍皇」瓦利．路西法隊

──！……來這招啊，莉雅絲……對上瓦利！

潔諾薇亞對此也出聲低吟：

「什麼！這是什麼對戰組合啊！莉雅絲主人對上瓦利．路西法嗎！」

羅絲薇瑟露出一臉嚴肅的表情。

「照理來說，應該是瓦利．路西法的隊伍比較占優勢吧……但是既然有克隆．庫瓦赫在，就很難預測了。而且，莉雅絲小姐好像還在和新的選手交涉……」

新的選手？莉雅絲還想拉誰入隊嗎？光是克隆・庫瓦赫就已經夠恐怖了……

「聽說，莉雅絲大人現在正在進行交涉……不過即使在一個屋簷下生活，我們依然是敵對的隊伍，無法掌握到彼此的訊息。」

——蕾維兒如此表示。不過，這也算是一種默契吧，要是互通情報到那種程度的話，參加大會就沒有意義了。

但是——

「莉雅絲和瓦利大概都無法全身而退吧……」

我吞了一口口水，然後這麼說……感覺會是一場非常不得了的比賽。

接著，下一場比賽的對戰組合也已經決定，出現在電視上。

這時，伊莉娜尖叫！

「……等一下，我們的隊伍大事不妙了！」

「燚誠之赤龍帝」兵藤一誠隊　VS　「諸王的餘興」堤豐、阿波羅、維達同盟隊

……我無話可說了。居然碰上維達和阿波羅的隊伍！

「……要對付神級選手嗎！」

「而且碰上的偏偏最有冠軍像的隊伍之一！」

蕾維兒也是一臉凝重。畢竟要對上的是兩位次世代的主神，還有傳說中的魔物之王嘛……！

羅絲薇瑟也差點沒昏過去。

「魔物之王堤豐、奧林帕斯的現任主神阿波羅……還有，阿斯嘉的現任主神維達大人……！」

身為來自北歐神話的人，要和維達戰鬥應該讓她心情很複雜吧。

百鬼好像也只能笑了。

「哈哈哈，這下傷腦筋了。」

——他這麼說，不斷用手拍著額頭。

蕾維兒以充滿決心的語氣說：

「……一誠先生，要繼續往上爬的話，他們都是總有一天會碰上的對手之一。只是時間早晚的問題罷了。」

「是啊，這是我們的隊伍的關鍵一戰。」

……把目標放在優勝的話，和神祉戰鬥實屬必然。之前沒有碰上只是我們運氣好，這才是正常狀況。

沒錯，因為這是一次和神祉戰鬥才算正常的超自然大會。

正當隊員們越來越緊張的時候，有人敲了門——打開門走進來的人，是老媽。

「咦，老媽？怎麼了？」

「一誠，有客人……我想應該是惡魔吧。頭上長了角。」

……長角？我們面面相覷，決定下樓去。

出現在我們面前的，是頭上長了角的粉紅色頭髮美女，羅伊根・貝爾芬格小姐！

為、為什麼羅伊根小姐會來這裡！我們只能驚訝不已，而羅伊根小姐本人則是一點也不在乎，只顧著向我們打招呼。

「深夜拜訪，恕我失禮。貴安，赤龍帝。」

「羅伊根小姐！妳、妳怎麼會來這裡？」

我不禁這麼問，但羅伊根小姐只是默默走出大門，彈了一下手指。接著，我家的庭院裡展開了好幾個魔法陣，許多披著斗篷，戴著兜帽的人從中現身。

「這、這是……！」

大家紛紛提高警覺，我也驚訝地這麼問。

「我的眷屬。」

羅伊根小姐輕描淡寫地這麼回答……是、是她的眷屬啊。不過，為什麼要到我家的庭院來集合啊？

正當我滿心疑問的時候，羅伊根小姐露出極為認真的表情表示：

「這也是在顯示我的決心。」

羅伊根小姐在我的眼前——跪了下去——！她的眷屬們也配合她的動作，紛紛對著我跪下！

「我，羅伊根．貝爾芬格及其眷屬，為了成為『燚誠之赤龍帝』兵藤一誠大人的臣子，特此前來。同時，我也希望能夠加入『燚誠之赤龍帝』的隊伍——」

——！竟、竟、竟有此事！這已經不是出乎意料可以形容的了吧！羅伊根小姐帶著她的眷屬，說想成為我的臣子，還想成為我的隊員耶！

她原本可是排名遊戲的第二名，為什麼這種人會突然跑來找我，還做出這種要求……！

我已經不知道該說什麼才好了，而蕾維兒則是在驚訝之餘強裝冷靜，詢問羅伊根小姐。

「請說明理由——……雖然說使用了『國王』棋子，但排除超乎尋常的迪豪瑟大人的話，羅伊根大人堪稱排名遊戲中實質上的最強者，為什麼會對一誠先生做出這種要求？請告訴我們其中的理由。」

羅伊根小姐瞇起眼睛，語重心長地娓娓道來：

「……簡單的說，我想再次站上排名遊戲的舞台。儘管說是因為違規在先，但是遊戲遭到剝奪之後，我就……什麼也不剩了。我的惡魔生涯放在那項競賽上面的比重，就是這麼多……但是，如果不改變現況的話，我大概無法復出吧……不好意思，這完全是我單方面的期望，但是我希望能夠請深受冥界高層和各勢力信賴的你們成為我的助力。」

羅伊根小姐再次在我面前跪下，以懇求的語氣對我傾訴。

「兵藤一誠大人，我願意將我的一切奉獻給你作為交換條件。儘管失去了『國王』的特性，在上位選手群當中磨練出來的技術依然留在我身上——事情就是這樣，可以請你認真考慮看看嗎？」

…………

……事情太過突然，我也不知道該說什麼。

……忽然，蕾維兒在初春對我說過的話浮現在我的腦中。

——無論一誠先生的感覺多麼不真切，接下來還是會有各式各樣的人出現在一誠先生身邊。

——或許一誠先生可以從那種方面感受到即將成為上級惡魔的事實。

——畢竟，一誠先生恐怕會是冥界最受矚目的新進上級惡魔。

……爆華出現了，百鬼也來到我的手下，就連維娜小姐也來找我……現在，甚至排名遊戲界的最強女選手也來到我身邊了……！

……這真的讓人感覺很不真切啊。就連對我說過那些的蕾維兒，對於羅伊根小姐這麼說，也只能張著嘴愣在那裡。

前排名遊戲第二名，其令人料想不到的登場以及要求，讓我們嚴重感到驚慌失措，不知道該如何因應。

高中生活最後一個暑假，感覺無論是溫度還是氣氛之熱烈都將遠遠超越去年——

沒錯，因為宴席尚未冷場，熱度仍在持續攀升。

Singularity.

另一方面，同一時刻——

莉雅絲．吉蒙里，來到位於義大利某地之偏鄉的農場。在農場——葡萄園裡工作的，是一名身高有兩米上下，體型壯碩，身穿工作服的男子。

然而，儘管肉體看似年輕，他卻是一名已經八十七歲的年邁老人。老人——瓦斯科．史特拉達一看見莉雅絲，爬滿皺紋的臉上便綻開笑容。

「貴安，瓦斯科．史特拉達大人。」

「稀客稀客……這不是吉蒙里家的公主嗎。近來可好？」

史特拉達帶著莉雅絲來到他隱居的透天別墅，請她在露臺上的茶几旁邊坐下。

雙方都就座之後，史特拉達便以他的大手拿起茶壺，泡了紅茶。

莉雅絲端起茶杯喝了一口紅茶，但立刻說出來意：

「我今天不是來找您喝茶的。」

史特拉達在茶几上拄著手托著腮，露出柔和的笑容。

「這樣啊。」

莉雅絲直截了當地問了：

「——排名遊戲國際大會，您應該知道吧？」

史特拉達仰望天空。

「呵呵呵，公主已經是第幾組訪客了啊……」

「照這樣看來，大人應該是將邀請全數拒絕了吧。考慮到您的遭遇，我也認為這是理所當然的。」

史特拉達的心願，是在這裡以人類的身分安享天年。莉雅絲也知道這件事。於是，史特拉達故意問莉雅絲：

「明知道我的想法卻還是來到這裡……莫非，妳有什麼說服我的方法嗎？我不像赤龍帝小子那麼年輕。將生涯奉獻給上天的我，認為自己的任務已經結束了。與666之戰，正是我的最後戰役。」

確實如此。史特拉達的想法確實是這樣沒錯。

但是，莉雅絲有別的想法。那是他的真心話嗎？他真的毫無留戀嗎？

——對付666的那場戰鬥，作為最後戰役真的足夠嗎？

莉雅絲在對付教會戰士們的戰鬥當中，在他和亞瑟·潘德拉岡的戰鬥當中，還有在日前他和666的戰鬥當中，對於瓦斯科．史特拉達的「劍」深深著迷。

莉雅絲表示：

「——聽說，全盛期的大人，無論是對上墮天使的幹部，甚至是最上級惡魔，都能夠全數剷除。還聽說，您是連魔王也害怕的天之劍。」

莉雅絲在冥界盡可能打聽了瓦斯科．史特拉達的傳說。

一說，他是「教會的暴力裝置」。一說，他是「天界的暴行」。一說，他是「梵蒂岡的除惡殺手」。一說，他是「杜蘭朵先生」。一說，他是「真正的惡魔」——

目擊這個男人的戰鬥之後仍然生存下來的惡魔，全都對於當時的景象感到畏懼、戰慄，並且如此表示。

——不想再次遇見那個男人（惡魔）。

他們，看見年輕時的瓦斯科．史特拉達，打從心底感到害怕。惡魔稱他為「惡魔」。沒錯，稱他為「惡魔」——

然而，那個「惡魔」即將凋零。即將在這裡走上盡頭。衷心希望在此結束一生。

莉雅絲有個最老實的感想。

——這樣太可惜了吧？她這麼覺得。

史特拉達喝光了自己的紅茶，同時說：

「妳是來聽我年輕時期的英勇故事……看起來也不像。好了，吉蒙里家的公主。尊貴的魔王之妹啊。妳想問我什麼？想對我表達什麼？」

莉雅絲──帶著認真的表情侃侃而談：

「──我的『騎士』木場祐斗，現任的杜蘭朵持有者潔諾薇亞，配有奧特克雷爾的伊莉娜，人稱稀世天才的曹操，以及聖王劍柯爾布蘭的亞瑟．潘德拉岡。在您成為梵蒂岡的幹部之後才誕生的這些優異人才──年輕的時候，視戰鬥為一切的大人您，瓦斯科．史特拉達，不可沒有這麼想過。」

莉雅絲站了起來，大聲疾呼：

「──想要和他們戰鬥。想要以戰士的身分，以劍士的身分，傾盡全力與他們一戰！」

莉雅絲表露出她充滿熱意的激動情緒，如此吶喊。

聽完莉雅絲這麼說，史特拉達沉默了好一陣子。

他仰望著天，表情依然平穩。而莉雅絲只是一直等待著他的答案。

史特拉達戴起放在茶几一角的草帽，在遮住臉部的上半的狀態下，開了口：

「……惡魔的公主。對於教會信徒而言，接下來我要說的算是禁忌的話語吧。不過，以一介劍士的身分，我確實心有缺憾，希望妳能聽我說。」

隔了一拍，史特拉達，人稱「天界的暴行」的男人，說了出口：

「——再晚生個六十年；不，五十年的話，我就能夠在如此強者雲集的時代盡情享受了吧……要說我心中了無憾事，那就是謊言。和亞瑟・潘德拉岡以劍會劍的時候——我只想著要砍倒他、為什麼我無法晚個三十年出生，對他的激情在我心中不斷盤旋。」

聽見他終於說出真心話，莉雅絲斷然決定執行惡魔的呢喃。

「如果，我說可以讓您變年輕的話，您會怎麼做？當然，用的不是惡魔的技術，而是運用上帝的神蹟以及異能的手段——」

聽見莉雅絲這麼說，史特拉達從帽緣注視著她。

莉雅絲說出她的方法。

「——如果說並用『幽世聖杯』、魔神巴羅爾的力量以及仙術，能夠將您暫時變回全盛期的瓦斯科・史特拉達的話，您會怎麼做？這些都不是惡魔的技術。使用的是聖經之神所創造的神器系統的應用型態，以及仙人的力量。」

這是莉雅絲在這一天以前，和隊員們一起摸索出來的新的可能性。同時，也是為了說服史特拉達的歪理。

由於找到了一絲希望，莉雅絲為了補上最後一個缺口，而來到這裡。

為了打鐵趁熱，她變出一個小型的轉移魔法陣，藉此傳送了一樣東西過來。

是一個細長型的手提箱。莉雅絲解開手提箱的扣環，把裡面的東西秀給史特拉達看。

裡面——收著兩柄長劍。一把是鮮紅色刀身的劍。另一把藍色刀身的劍上面，散發出極具攻擊性的神聖波動——

莉雅絲指著發出神聖波動的聖劍。

「這是教會打造出來的最新聖劍——杜蘭朵II。是大人之前使用的杜蘭朵的發展型……想見識全盛期的您的教會人士也不在少數。這是他們為了大人打造出來的傑作——信徒們也想見識人稱活生生的奇蹟的大人您的劍技呢。」

新型的杜蘭朵登場，讓史特拉達的神情一變，彷彿父親見到離別已久的兒子似的。

對他而言，杜蘭朵就是如此重要的東西。但是，真正的杜蘭朵，已經在繼承人（潔諾薇亞）的手上了。

然而，眼前的這把杜蘭朵——是他的學生們為他鍛冶出來的劍。是專為他打造的傑作——

他對著刀身伸出手，親身感受其波動。如果是這位老人，光是這樣，便能夠感受到劍上蘊藏著多少人的心意了吧。

史特拉達仰望天空。像是忍辱負重，又像是興奮難抑地，他擠出夾雜著懺悔與激動的聲音。

「……啊啊，主啊。我從來不曾聽過如此甘美的惡魔呢喃……不愧是魔王路西法的妹妹……我從來不曾聽過如此可怕的歪理！」

莉雅絲沒有退縮。她不能退縮。

她在腦中，回想起一幅光景。

事情發生在一誠隊和轉生天使隊的比賽結束之後。莉雅絲正式和那個人交談了。在會場內的工作人員通道上，莉雅絲和那個人——維娜．雷斯桑見了面。

她已經知道對方的真實身分了。因為比賽中，對方的面具破了，她看到面具底下的臉孔。

那是，那張臉孔——長得和那個人年輕的時候一模一樣——不對，就是她本人。

與之對峙，莉雅絲毫不避諱地叫了：

『……葛瑞菲雅嫂子大人。』

維娜．雷斯桑——葛瑞菲雅．路基弗古斯，摘下臉上的龍形面具，在莉雅絲面前露出真面目。

雖然是和自己沒有兩樣的十多歲少女……但是那張臉，確實是她由衷敬愛的兄嫂過去的長相。

她的兄嫂，葛瑞菲雅．路基弗古斯，以魔力將容貌變回十幾歲的時候，化名維娜．雷斯桑，以「燚誠之赤龍帝」隊的「皇后」員額報名參加比賽。

葛瑞菲雅重新戴上面具，對莉雅絲說：

『……莉雅絲，我不會多說什麼。不過，這句話妳記清楚了。』

她走了幾步，站到莉雅絲身旁，就近這麼說：

『──我，要讓兵藤一誠當上魔王。』

對於兄嫂如此表明，莉雅絲皺起眉頭，瞇起眼睛。

『……那不是一誠自己的意見對吧？』

『沒錯，這是我的意見。不過，我相信總有一天，這會變成冥界整體的意見，所以才以他的「皇后」的身分支援那支隊伍。』

其中不知道有什麼盤算，有什麼想法。她只知道──兄嫂因為失去了她的兄長瑟傑克斯，而描繪出某種願景。然後，能夠實現那個願景的──就是一誠了吧。

兄嫂不聽任何人勸告，這件事她比任何人都還要清楚。因為，她從小就一直受她照顧──兄嫂更是她仰慕的對象──

既然如此，莉雅絲決定了她要怎麼做。

──只好直接一戰，從中得知她的真正意圖了。

莉雅絲帶著堅強的眼神如此宣言：

『……如果要戰鬥的話，即使對手是兄嫂大人，或是一誠，我也一定會贏。』

葛瑞菲雅，兄嫂，維娜・雷斯桑，露出無所畏懼的笑容，接受了小姑的發言。

『這樣就對了，這樣才是我的小姑。』

沒錯，莉雅絲發誓要和最看重的兄嫂一戰。冀望和最愛的人一戰。正因為如此，為了對付具備強大力量的戀人和兄嫂，她更想要足以打倒他們的力量——

如果能夠以自己的隊伍所擁有的能力解放那股力量的話，將成為無與倫比的戰力。

瓦斯科・史特拉達為了做最後的確認，故意說出刁難的言詞。

「我可能得對公主未來的伴侶大人刀劍相向，這樣也沒關係嗎？無論對手是何等存在，我的劍刃——都只會將其斬斷。即使他身上帶有無限之力，只要能夠回到那個時候，理應能夠毫無例外地將其斬斷吧——不，必定能夠斬斷。」

莉雅絲毫不畏懼，立刻回答：

「既然是要成為我的丈夫的男人，想必就連這種考驗都能夠克服吧。」

這句話成為關鍵的一擊。史特拉達站了起來，原本柔和的笑容也轉變為戰士的神情，放聲大吼：

「…………答得好……——！我瓦斯科・史特拉達就擋在伴侶大人前方，以自身當作新郎修練的一環吧！」

「我就當作這是交涉成功了喔。」

這天，號稱梵蒂岡史上最強的劍士，表明要參加排名遊戲國際大會。

交涉結束之後，莉雅絲和史特拉達都鬆了口氣。

或許是有點好奇吧，史特拉達針對收在手提箱裡面的另外一把紅色刀身的劍問了：

「話說回來，另外一把兵刃是怎麼回事？看起來似乎同樣是劍。」

莉雅絲害臊地回答：

「這是天界為了慶祝我和一誠的婚約送給我們的劍。紅色刀身的劍。據說天界將這把劍調整為可供惡魔使用的狀態——不過，話雖如此，我和一誠大概也無法妥善運用這把劍……對了，就給我們未來的小孩拿好了。」

「原來如此，這樣也不錯。如果到時候我還活著的話，我一定要祝福兩位未來的小孩。」

「要是接受了大人的祝福可就大事不妙了。再怎麼說，我們也是惡魔。」

「說的也是。」

就在他們如此閒聊的時候——

莉雅絲的智慧型手機接到聯絡。她拿起來一看——是朱乃傳來了衝擊性的新聞。

「……這是！」

「怎麼了嗎？」

對於史特拉達的問題，莉雅絲回以苦笑。

「…………呵呵呵，看來我們想晉級淘汰賽也沒那麼容易呢。大人，我接到了最新消息。」

莉雅絲正面對瓦斯科·史特拉達說：

「——冠軍，可能要回來了。」

莉雅絲收到的情報，是「冠軍·迪豪瑟·彼列獲准暫時出獄」的消息。

「——哎呀……這也是無可奈何的事情。」

得知消息的新成員只是以毫無畏懼的笑容迎接這個狀況。

撲朔迷離的戰局與熱潮形成的漩渦，持續圍繞著大會——

The Return of the King.

迪豪瑟・彼列，在單人牢房裡靜靜睜開眼睛。現在收容他的地方，是用來拘留政治犯的冥界監獄。

在單人牢房裡醒過來的他，重重嘆了口氣。

——他作了一個夢。夢見的是兒時的回憶。

彼列家，簡而言之就是貧窮貴族。他在深山裡一棟並不算大的宅邸裡長大。

他的父親的能力算是上級惡魔的平均水準，但是幾代以前的祖先似乎是個非常不得要領的宗主，在之前的三大勢力戰爭和新舊政府的內戰當中接連做出了嚴重的失態之舉，導致彼列家的兵力幾乎完全遭到撤除，聲勢也明顯下滑。

祖父、父親兩代，乃至於迪豪瑟年幼的時候，彼列家都為財政吃緊所苦，只能在勉強不至於家道中落的狀態下維繫著這個家的存續。

在家族分崩離析也不足為奇的狀況之下，彼列家的宗主們依然秉持著一個理念。

「我們要以家族和領民為重。必須強化族人之間的聯繫，保障領民的生活，彼列家和彼列領才能夠賴以成立。」

這是祖父和父親打出的中心思想。

或許是因為這樣吧，彼列一族並沒有分散到領土的各個角落，而是聚在一起，共同鞏固這個家。即使生活不如其他貴族，只要族人聚在一起、同心協力，就能夠保護領土和領民。秉持著這個想法，祖父、父親、叔父、遠近親戚們，全都致力於死守彼列家以及領土。

或許是這種方式奏效了，領土雖然不特別繁榮，但也幾乎沒有為了日常生活煩惱的領民，彼列領的稅制大抵可說是良好。

相對的，領主們的生活比起其他貴族還要落魄許多，甚至因此遭受部分上流階級的惡魔們侮辱……

有必要為了領民而不惜犧牲自己的生活水準嗎——貴族們都這麼說。

迪豪瑟——以祖父和父親為榮。以惡魔而言，祖父和父親的魔力都不是特別高，論戰鬥也算是比較不擅長。儘管如此，他們依然受領民所愛戴，更重視家族。

迪豪瑟極為喜愛彼列家和彼列領。

從年幼的時候，迪豪瑟自己也經常和堂親、表親見面，他和克蕾莉雅更是有如親兄妹一樣一起生活、一起成長。

同世代的其他前七十二柱——上級惡魔的小孩那種奢侈的生活，迪豪瑟無福享受，但他從來不曾感到匱乏。

就在這種狀況下，迪豪瑟發現到寄宿在自己身上的特異能力，周遭的人也逐漸認知到他的力量有多麼強大。

——迪豪瑟是千年才有一個的人才，是魔王級的怪物。

在迪豪瑟開始參加排名遊戲，並且打出成績來之後，彼列家的財政一口氣好轉。也因為迪豪瑟親自參與宣傳活動奏效，彼列領的特產的銷售範圍也擴大到冥界全境。

其間，他的堂妹克蕾莉雅也自己獨立，帶著眷屬成功進軍人類世界。自己的活躍成為族人的未來、將來的一大助力，對迪豪瑟而言是無上的榮譽。

以家族為重。這個觀念同樣存在於迪豪瑟的心中。

能夠送克蕾莉雅去人類世界，他開心得像是自己的事情一樣。

就在那之後不久。彼列家收到了克蕾莉雅的死訊——

他追查原因，心想即使被任何人怨恨、面臨生命危險，只要有人奪走了重要的家人的性命，他就要揪出那個人。因為他相信，克蕾莉雅不可能做出會遭到肅清的失態之舉。

於是，他的執念讓他找到了原因。克蕾莉雅是因為追查有關「國王」棋子的情報，而被處理掉的——

……然而，同時他也發現了一件事——克蕾莉雅之所以開始追查「國王」棋子的情報，是因為加諸在他身上的嫌疑。

……他原本想以得天獨厚的這份能力，救助整個家族。他只想讓家族裡的所有人過體面的生活，不再被其他貴族揶揄。

……以結果而論，自己為了彼列家好的所作所為，卻導致了她的死亡，這讓迪豪瑟不斷責備自己——

……在阿格雷亞斯交手的時候，聽赤龍帝——兵藤一誠說到克蕾莉雅的靈魂的去向，讓他覺得寬慰了一些。

但是，他的罪行並不會消失。

……他原本想用這身能力讓他所珍視的人們得到幸福。這是命運為了讓他達到這個目的而賜予他的力量，他對此深信不疑。

——結果，他卻給民眾和其他勢力帶來困擾，還造成了犧牲。

……為了贖罪，迪豪瑟決定餘生都要在此平靜地度過。

即使他回到外面，一定也只會造成別人的困擾。擁有強大力量的人，一旦在使用力量的時候出了差錯，只會造成一連串的不幸。

單人牢房的角落隨便放著攤開的報紙……這是看守為了讓他得知外界消息的善意……現在在外界，排名遊戲的國際大會已經開始了。

他回想起在接受偵訊的時候，一名刑警忽然對他提到的事情。

『我兒子今年九歲。他說他很喜歡你……世間的小孩普遍崇拜的，都是現在正流行的胸部龍赤龍帝，或是人稱獅子王的塞拉歐格王子。小犬毫不理睬胸部龍和獅子王，而是為你著迷。』

刑警露出複雜的表情，但還是以自豪的語氣繼續談論他的小孩。

『身為父親的說這種話有點像是在自誇，不過他是個很聰明的孩子。在學校的成績也很優秀，在家裡也不忘複習預習。學校的老師也說「他是其他學生的楷模」，如此稱讚他……這樣的小犬，空閒時間總是用來看之前錄下來的你的比賽。每一場比賽他都看過好幾次，即使我問他「你都看不膩嗎？」，他的回答也是「才不會，冠軍(champion)這麼帥」。房間也全都是你的海報和周邊商品。』

刑警毫不掩飾地對迪豪瑟說：

『小犬對身為警官的我說了。「原諒冠軍好不好」、「冠軍又沒有做什麼壞事」……我是站在公家立場的人，不得不像這樣逼迫違法犯紀的你。站在那個孩子的立場，我大概完全是個壞人吧。』

迪豪瑟這麼說：

『……請告訴那個孩子。還有其他比我更了不起的英雄。別的不說，你的父親就比我更了不起了。』

刑警默默搖了搖頭。

『……冠軍，對那個孩子說這種話也沒用的——對於男生而言，即使小時候崇拜的英雄有好幾個，只有最崇拜的一個絕對無可撼動……一位原本是人類的轉生惡魔朋友這麼對我說過。』

『…………』

『說了這麼多……但其實我也是你的支持者。所以，我心中非常遺憾。我很想看到你在即將開始的國際大會當中大顯身手。很想看到一場讓我能夠挺起胸膛自豪地說，這就是冥界最強選手的比賽。』

——國際大會。

……如果自己沒有犯罪，能夠以一介選手的身分參加比賽的話——想到這裡，迪豪瑟搖了搖頭。

……不可以想。身為罪人的自己，不應該有這種想法。

……再也不該接觸排名遊戲了。犯下那麼重大的罪行，不可能有人等著自己復出……

在單人牢房裡，心中千頭萬緒的冠軍伸手掩面。

就在這個時候，看守現身了。

「迪豪瑟大人，有人想探望您。」

走進會客室，在裡面等著他的——是一名初老的男子。長得和他很像。

……是彼列家的現任宗主——也就是他的父親。

在會客室裡看到的許久未見的父親——看起來有點憔悴。

隔著會客室的玻璃，父親露出爽朗的微笑。

「迪豪瑟，抱歉，這麼晚才來看你。」

「……父親大人。」

父親像是在閒聊似的提起了那個話題。

「你有在看比賽嗎？」

「……我沒有在電視上看到……不過聽說過不少消息。」

「……惡魔的職業選手各個都不斷連敗。就連眾所指望的新人赤龍帝，不久之前也在經過一陣纏鬥之後，以些微之差敗給了天使的隊伍。惡魔是排名遊戲的本家，卻一直輸給其他勢力。」

「……有神級選手參賽，也有排名在上位的職業選手去協助其他勢力，所以原則上也不能說是惡魔太弱……只是……」

「……只是？」

父親如此反問，但迪豪瑟搖了搖頭。

「……不，沒什麼。」

迪豪瑟把「如果是我的話」的部分吞了回去。那是不被允許的言詞。犯下罪行的自己沒有資格說出這種話——

他再次感覺到，自己心中仍留有依戀。而且在剛才的短暫對談當中父親也隱約察覺到這件事了，迪豪瑟也很清楚。

「……母親大人還好嗎？」

對於迪瑟的問題，彼列家現任宗主點了點頭。

「她很好。我今天原本也想帶她來這裡……只是能夠接見的好像只有一個人，所以我就讓她看家了。」

「……對於母親大人而言，我的所作所為大概都是不孝之舉吧。剛參加排名遊戲的時候她也經常反對。」

母親對於迪豪瑟參加排名遊戲一直沒有什麼正面的感想。無論他表現得多麼活躍，母親都不願意來看比賽。

但是，那並不是因為母親討厭迪豪瑟。

現任宗主說：

「……我說過好幾次了，你不需要太介意排名遊戲的問題。她只是不想看見你戰鬥的狀況罷了。看見自己的獨生子在戰鬥，她會害怕。雖然你根本不可能會輸就是了……儘管如此，大概就連你受傷的畫面，她也不想看到吧。我會連同她的份一起觀戰的，放心吧。」

迪豪瑟向父親道歉：

「……父親大人如此為我著想，我卻……淪落到再也無法參加遊戲的狀況了。明明在我得以參加遊戲之前，父親大人是那麼為了我盡心盡力……」

做父親的，讓自己的兒子迪豪瑟盡可能接受高水準的教育。他讓迪豪瑟接受的教育，和出了魔王的世家是同樣的水準。

同時，對於財政極為吃緊的貧窮貴族彼列家而言，那也不是一筆普通的支出，但父親仍然在不至於造成領民困擾的範圍內盡最大的能力妥善周轉。

迪豪瑟知道。

為了持續支付他的教育費，父親極力縮減穿去社交的服飾，母親也將重要的寶石脫手。

對於貴族而言，那些東西有多麼重要，年幼的迪豪瑟也很清楚。

所以，他在排名遊戲首次得到勝利的時候，他買了最高級的服飾送給雙親。但他並不認為這樣就足以報答雙親一直以來放在他身上的期待。

光是父親能夠穿上最高級的貴族服，迪豪瑟就已經感到很幸福了。

發現了他的想法，現任宗主拉了拉自己的衣袖。

「哈哈哈，這身衣服……是幾位魔王陛下也經常穿的名牌的東西呢。迪豪瑟啊，我和彼列家的臣子、領民等所有人能夠享福，全都是因為你的功勞。彼列的人，大概沒有任何一個會責怪你吧。」

彼列家現任宗主，開始切入正題。

「我想把你從這裡弄出去。」

「——！」

迪豪瑟不知道該說什麼。父親又繼續說：

「我動用了所有依賴你的名聲而建立的交情和管道，想讓你再次恢復遊戲選手的身分。我已經去低頭求過魔王阿傑卡．別西卜陛下了。至少原諒我做出這種事情來吧。」

現任宗主強勢地這麼說，但隨即想起一件事情，如此表示：

「啊，大王派的管道已經不能用了吧。」

迪豪瑟露出一臉狐疑的表情。父親加入了親大王派的派閥，又有迪豪瑟在冥界的評價作為助力，爬到了相當高的地位。

他卻說不能用了是什麼意思……？

現任宗主像是要回答他的疑問似的說了：

「啊啊，沒什麼。我只是為了你和克蕾莉亞的事情跑去質問巴力家的第一代大人。哈哈哈，就是，該怎麼說呢。我一時衝動，就揍了第一代大人。所以，大王派的人脈或許不能用了。抱歉，我也還不夠穩重呢。」

父親豪邁地笑著……第一代巴力，無論是在整個冥界，還是在惡魔當中，在某種意義上可以說是超越魔王的大人物，暗中支配一切的人。而父親揍了這樣的人……

迪豪瑟想通了。重視族人的父親，得知有關他和克蕾莉雅的真相之後，便出手揍了第一代巴力。

對於父親這麼做，迪豪瑟的心中湧現一股激動。

「也因為這樣，我現在正在逐步投靠別西卜陛下的陣營。」

「父、父親大人竟然自己做出那種事情……！」

他不忍心看見父親和族人為了自己碰上更多麻煩了。

然而，父親抬頭看著天花板，如此說道：

「佳爾芳……你的母親，她最近開始透過記錄影片，看起你的比賽來了。說來真是諷刺。在你被關進這裡之後，她才想到要重新審視自己的兒子一路走來的軌跡，看得十分專注。」

——！

……母親透過記錄影片……在看自己的比賽。在看她原本堅持迴避的東西。

現任宗主繼續說了下去：

「看見她那麼做，我就決定了。無論如何，無論要怎麼做，我都想送你去參加大會。放心吧，只要領民和你平安無恙，我們大可以從深山裡的宅邸重新出發。哈哈哈，我已經很習慣貧窮貴族的生活了。啊，說這種話會被祖先們罵吧。」

就在這個當下。湧現在迪豪瑟心頭的激動，壓抑在心中的情感，從雙眸不停流出。

父親露出溫柔的笑容。

「我想看你在國際大會上戰鬥……你的支持者也都如此盼望。我這邊每天都不斷聽到他們的聲音。有迪豪瑟在的話，狀況肯定不一樣；有冠軍在的話，惡魔的戰績肯定更好。無論是這支隊伍還是那支隊伍，如果是皇帝（emperor）彼列一定打得贏。大家都激動不已地大聲疾呼，或是難過地如此嗚咽。無論如何，我想要把你從這裡弄出去。還有很多人等著你呢。」

父親雄壯地舉起手在自己的胸脯上拍了一下，對迪豪瑟，對自己的兒子說：

「我是個沒有才能，也沒有出息的惡魔，卻有幸成為你的父親——所以，我想守護自己的兒子的名譽。」

冠軍只能任憑斗大的淚珠不斷落下，泣不成聲地感謝父親與母親、族人與領民，還有支持者們。

「…………父親大人，我……我……！」

——冠軍喜歡排名遊戲。

「聽說赤龍帝的母親打了你……她想必是個比我還要稱職的家長吧。因為我……就連責罵你也辦不到。」

——冠軍喜歡比任何人都還要肯定他的排名遊戲。

「迪豪瑟啊，我們一起贖罪吧。彼列家不會捨棄你。所以，我希望你也不要捨棄自己。不要捨棄自己的可能性，還有仰慕你的支持者們的期待——」

無意間，迪豪瑟在腦中回想起曾幾何時，他的堂妹克蕾莉雅對他說過的話。

『迪豪瑟哥哥，我非常喜歡哥哥在比賽中的模樣。比賽時的你相當帥氣。你是彼列家的，也是我的驕傲。』

……克蕾莉雅，妳願意在遠方看顧我的戰鬥嗎？

我能夠以讓妳和父親大人、母親大人、族裡的所有人引以為傲的冠軍之姿，繼續戰鬥下去嗎？

——冠軍要回來了。

「——我希望，你能夠再次讓我們，還有仰慕你的所有人，看見排名遊戲的冠軍，皇帝彼列的風範。」

——冠軍要回來了！

「…………遵命，父親大人……！」

迪豪瑟的眼中，皇帝彼列的雙眸，點起了熊熊燃燒的火焰！

——最強的冠軍，即將歸來！

不久之後，這個消息立刻傳遍了整個冥界。

——排名遊戲國際大會，皇帝彼列閃電參戰！

在必須受到嚴格的行動限制以及監視的條件之下，他獲准暫時出獄。

莉雅絲．吉蒙里和瓦利．路西法即將在預賽當中對上，對於兵藤一誠而言，也即將面對在排名遊戲國際大會當中第一場和神級選手的比賽。

戰力之差——普遍認為是極為懸殊，就算是赤龍帝，面對坐擁傳說中的魔物堤豐，還有奧林帕斯、阿斯嘉陣營兩位第二代主神的隊伍也不可能贏，所有人都如此預測。

然而，全世界即將透過這場比賽再次認知到，「紅龍（Welsh Dragon）」是何等存在——

同時，預賽的戰鬥也即將進入終場，為了進入決勝淘汰賽的搶椅子大戰，已經如火如荼地展開了——

Vidar & Apollon.

「維達，你看到大會的新對戰組合了嗎？」

「喔喔，是阿波羅啊。當然看到了啊。」

「看來，各神話當中掌舵命運的神祇們，果然在操弄這次大會呢。」

「也是，就算你這麼想也無可奈何……不過，破壞之神（濕婆）不會做出那種不識趣的事情吧。哎呀，有什麼關係嘛。身為神即使偶爾想像一下命運這檔事也不會怎樣吧。」

「所以，人稱『吞食噬神狼之神（Fenrir eater）』的你，對於這個對戰組合是怎麼看的？」

「別提那個稱呼了。我並不是特別喜歡吃狼肉……只是，該怎麼說呢，我和他總有一天得在政事或是其他場合上對壘，所以先稍微交手一下總不會有損失。雖然對不起我那沒有血緣的弟弟瓦利，不過這也只能說是因緣際會了。」

「我們趕快聯絡堤豐吧。作戰會議總是越早越好。」

「這真是太值得期待了。彼此同樣身為必須扛起次世代，面對各種無理要求的立場，我們一起舒展筋骨一下吧——你說是吧，『駒王學園的紅龍（High school D×D）』？我可是會把你當作神級的強敵來應戰喔。」

Team member.

○「燚誠之赤龍帝」隊・大會登錄成員

・國王——兵藤一誠
・皇后——維娜・雷斯桑（葛瑞菲雅・路基弗古斯）
・城堡——羅絲薇瑟（視情況擔任主教）
・城堡——未登錄正規成員
・騎士——潔諾薇亞・夸塔
・騎士——紫藤伊莉娜
・主教——愛西亞・阿基多
・主教——蕾維兒・菲尼克斯（視情況擔任士兵）
・士兵「３」——爆華・坦尼（視情況擔任城堡）
・士兵「５」——百鬼勾陳黃龍（視情況擔任城堡）
・後備成員（士兵價值「２」）——愛爾梅希爾德・卡恩斯坦

・？？——羅伊根・貝爾芬格

○「莉雅絲・吉蒙里」隊・大會登錄成員

・國王——莉雅絲・吉蒙里
・皇后——姬島朱乃
・城堡——塔城小貓
・城堡——瓦斯科・史特拉達
・騎士——木場祐斗
・騎士——潔特・瑟然
・主教——加斯帕・弗拉迪
・主教——瓦雷莉・采佩什
・士兵「8」——黑先生（克隆・庫瓦赫）

Nether world.

地獄的最下層——冰之地獄，科基托斯。犯了最重的罪，以及做出背叛之舉的人將永遠被束縛於此，是最為苛刻的地獄盡頭。

在這個冰之地獄裡——冥府之神黑帝斯，以及祂手下的最上級死神（grim reaper）們正聚在一起。

他們在這裡找到的——是不應該出現在科基托斯的，專門調查非人者以及異能的研究所。研究所位於冰封的溪谷深處，沉重的對開大門已然開啟，黑帝斯一行人正在往裡面前進。

裡面已經空無一人，沒有任何一點氣息。

沒錯，這裡是邪惡之樹——李澤維姆・李華恩・路西法的研究所，也是他的祕密藏身處之一。

黑帝斯憑著事先得到的情報，輸入連接各樓層的門的密碼。穿越不下十扇的門之後，他們終於來到那個受到嚴密保護，簡直像是刻意藏匿起來的地方。

來到這裡，「那個」便出現在黑帝斯與死神們眼前。

安放在這裡的，是一個大到幾乎要占滿這個廣大樓層的培養槽。然後，「那個」就在培養槽裡面——

看見「那個」，就連平常神態自若而且冷靜沉著的——冷酷的死神們也為之驚愕，發出動搖之聲。

『黑帝斯大人，這是……！』

首當其衝的黑帝斯——只是發出愉悅的笑聲。

『……邪龍阿佩普給我的「禮物」之一裡面有關於「這個」的情報，當時我還覺得有點懷疑呢……嘩嘩嘩，看來你相當討人厭呢，李澤維姆王子。』

『那麼，這就是……？』

黑帝斯與死神注視著的巨大培養槽裡面，有著令人不知道該如何形容的醜惡肉塊。完全看不出生物的外型，只是到處隆起，噁心又難看的肉塊。然而，那個肉塊——上面有無數與機械相連的管子，而且不住搏動。儘管是這個形狀，「那個」依然活著——

黑帝斯將沒有眼球的眼窩對準了「那個」。

『——是的，這就是惡魔之王路西法的妻子，也是所有惡魔之母——莉莉絲。』

沒錯，黑帝斯稱呼那個醜惡的肉塊為惡魔之母，莉莉絲——李澤維姆·李林他直到最後都繼續隱瞞著這件事。儘管在他死後，唯有這個他依然隱瞞著。

然而，由於阿佩普的背叛，這件事被黑帝斯知道了。

不，即使是阿佩普，李澤維姆恐怕也沒有讓牠知道這個地方吧——但是，他太小看那隻邪龍了。阿佩普大概是自己找到這裡的。

黑帝斯面對著莉莉絲，將雙手伸展開來。

『……這短短的一年之內，發生了宛如神話的事件——舊魔王血族的叛亂、繼承英雄靈魂之人的狂奔、魔王路西法之子超脫常軌的稚氣，以及傳奇邪龍們以及啟示錄之獸造成的極大破壞。一連串過於異常、過於異樣的事變，只發生在一眨眼之間。在這個現象中心的是什麼？』

眼窩深處發出詭異的光芒，黑帝斯繼續說著：

『說是神器、是神滅具，確實也沒錯——然而，使用這些，解決了一切的，是那既是惡魔也是龍、既是龍也是惡魔，那與魔王並稱的龍以及他身邊的一幫人等。以結果而言，來自異世界的侵略者之所以受到吸引，原因別無其他，正是因為有那些人存在。因為有他們，才會發生這一連串的異常現象。既然如此，為了保護冥府以及我們的神話，就只能葬送他們了。』

異世界「E×E」的情報，同樣是阿佩普交給祂的事物之一。

得到了莉莉絲，以及那項情報，黑帝斯決定燃起最後的狼煙——

黑帝斯對死神們下令：

『告訴身為同志的所有死神與奈落之神塔爾塔洛斯，以及各地獄之王——驅逐真正的「敵人」的時刻到來了。』

『『『『『是！』』』』』

死神們回應了主人的命令，瞬間離開現場。

留在原地的黑帝斯抬頭看著肉塊——莉莉絲。

『……對抗異世界侵略者的，只要有「我們」就夠了。』

絕對無法彼此理解的人們的最後一戰，也同樣即將到來——

後記

最終章來到第二本了。大家好，我是石踏一榮。

這次以愛西亞為中心，也和潔諾薇亞、伊莉娜互許終生了。描寫不足的部分還請繼續關注一誠和她們今後的關係發展。好了，因為是最後一章，步調也和第二十二集一樣比照初期的《D×D》辦理，最終章的步調大致上都會是這種感覺。

那麼，接下來開始解說第二十三集。

．「國王」——上級惡魔一誠、神祕學研究社社長愛西亞的成長

這次與其說是戰鬥，走向更偏向青春運動作品。之前描寫的都是一誠在肉體上的成長，所以這集寫的是他在精神方面，身為學長的成長。

在人會當中至少一定會有一篇一誠隊的敗北故事，這一點在最終章的企畫階段就已經決定了。話雖如此，光是讓他輸掉也沒有意義，所以劇情推展上加入了一誠和愛西亞在精神方面的成長還有今後的伏筆。

一年前，一誠在比賽當中嘗到敗北的滋味，面對強敵時也有的苦澀的經歷，在一年後，面對有了同樣的經驗而心有不甘的後輩及臣子的時候，說出有如莉雅絲和阿撒塞勒的話語。看到那個場面，讀者對於他的成長的感觸應該比作者還要深吧。

·關於「燚誠之赤龍帝」隊的新成員

首先是愛爾梅希爾德。我一直很想在喜歡一誠的女生當中放一個吸血鬼，花了這麼長的時間這次終於實現了。愛爾梅今後也請各位多多指教了！

接著是百鬼勾陳黃龍。其實，阿傑卡製作一個使用行動電話（現在應該是智慧型手機了？）進行的「遊戲」，而他和蜜拉卡是準備用來當成以那個「遊戲」為主題的故事中的男女主角的人物（阿傑卡和迪亞馬特也都是主要角色）。但一直無法實現，只有設定不斷累積了起來，現在還只有人物先在《D×D》登場了，不過我還是希望有朝一日能夠發表那部作品。一誠等人也會在那部作品當中登場。還請各位耐心守候。他是個在《D×D》當中並不是主角，而是真心尊敬一誠的學弟角色。

·維娜、黑先生的真實身分，以及羅伊根與史特拉達先後參戰！

好的，「燚誠之赤龍帝」隊的「皇后」位維娜·雷斯桑，還有莉雅絲隊的「士兵」位黑先生，兩者的真實身分都已經揭曉了。我想，大致上就和讀者猜的一樣吧。關於葛瑞菲雅的行動還有許多不明之處。今後也將繼續揭曉。

在這樣的情況之下，史特拉達大人加入了莉雅絲隊。因為他太強，我原本已經不打算在本篇裡面讓他出場了……但這是神祉也可以參加的祭典性質的大會，不讓他參加反而不自然，所以才決定讓他出場。

此外，羅伊根．貝爾芬格也強烈要求要成為一誠的臣子。葛瑞菲雅、迪亞馬特、羅伊根，他身邊也多了好幾位誘人的大姊姊呢。

．關於「天界的王牌」隊與魯迪格．羅森克魯茲

這次，終於能夠介紹到轉生天使的A等成員了。真希望除了伊莉娜以外的A三人組今後也能夠機會再出場。

——對了，杜利歐隊的選手，在比賽當中使用洋服崩壞的場景並沒有墮天，這是因為他們是經過相當嚴格的訓練的強者，對於煩惱的抵抗力也很強，不容易發生墮天現象。伊莉娜……大概還需要多修練一下吧。

以教練身分登場的魯迪格，是在第十集當中吉蒙里對巴力的比賽以裁判身分首度登場之後，便不時出現在話題當中的角色。這次總算交代到設定了。

最重要的排名遊戲，我想還是一樣有些矛盾和漏洞，不過我也是憑著衝動和氣勢寫出來的，希望各位在閱讀的時候可以忽略某些細節。

．答謝與今後的發展！

以下是答謝部分。みやま零老師、責編T先生，感謝兩位每次都多方關照！

好了，下一本第二十四集將是大會預賽篇的最後一集，描寫的則是莉雅絲隊VS瓦利隊、一誠隊VS次世代主神聯隊兩組可怕的對戰組合！在這兩場比賽之後，即將正式進入大會的正式淘汰賽篇。

接下來要出的就是第二十四集……原本應該是這樣才對，不過要出的是《DX》第四集。但是，接下來的《DX》第四集，將會是全部都是新稿的特別版本，故事也是上一集和這一集提到的「塞拉歐格隊VS曹操隊」篇&「燚誠之赤龍帝隊VS西迪隊」篇的本傳特別篇！時間順序上是發生在這本第二十三集當中的故事，所以實際上等於是本傳版本的第二十三點五集。內容也不像這次的青春運動篇，預計將會是熱血的戰鬥故事。描述的是力量對技巧的勁敵對決&新舊學生會對決——不過，只有戰鬥好像也不太對勁，所以行有餘力的話在《DX》當中我也想加入打情罵俏的日常故事。

下一本，敬請期待既是《DX》系列，也是本篇故事的《DX》第四集！

國家圖書館出版品預行編目資料

惡魔高校DxD. 23, 球技大會的鬼牌 / 石踏一榮
作 ; kazano譯. -- 初版. -- 臺北市 : 臺灣角川,
2018.04
　面 ;　公分
譯自 : ハイスクールD×D. 23, 球技大会のジョ
ーカー
ISBN 978-957-564-132-0(平裝)

861.57　　　　　　　　　　107002528

Kadokawa
Fantastic
Novels

惡魔高校D×D 23
球技大會的鬼牌

（原著名：ハイスクールD×D 23 球技大会のジョーカー）

2018年4月25日 初版第1刷發行
2022年3月18日 初版第2刷發行
作者：石踏一榮
插畫：みやま零
譯者：kazano
發行人：岩崎剛人
總編輯：蔡佩芬
編輯：高韻涵
美術設計：黃永漢
印務：李明修（主任）、張加恩（主任）、張凱棋
發行所：台灣角川股份有限公司
地址：104台北市中山區松江路223號3樓
電話：（02）2515-3000
傳真：（02）2515-0033
網址：www.kadokawa.com.tw
劃撥帳戶：台灣角川股份有限公司
劃撥帳號：19487412
法律顧問：有澤法律事務所
製版：尚騰印刷事業有限公司
ISBN：978-957-564-132-0
